Sophie Nuglisch

Stockholm

SADWOLF

Noir Roman

SADWOLF
The Noir Side Of Life

Sophie Nuglisch
Stockholm

Autorin: Sophie Nuglisch
Umschlagdesign: Michelle Tocilj
Lektorat: Stefanie Begerow (Lektorat Hohe Weide)
Satz/Layout/E-Book: Johannes Wolfers
Druck: MCP

Print:	ISBN 978-3-946446-69-9
E-Book Epub:	ISBN 978-3-946446-70-5
E-Book Mobi:	ISBN 978-3-946446-71-2

Bibliografische Information der Deutschen Nationalbibliothek:
Die Deutsche Nationalbibliothek verzeichnet diese Publikation in der Deutschen Nationalbibliografie; detaillierte bibliografische Daten sind im Internet über http://dnb.dnb.de abrufbar.

Widmung

Für Mama,
weil du immer immer immer
an mich geglaubt hast.

Und für Papa,
weil mich dein Stolz
am glücklichsten macht.

Prolog

Der junge Mann liegt auf dem Rücken. Sein gesamter Körper scheint zu schweben, während er die Zigarette zwischen die Lippen führt, inhaliert und den Rauch, den er nicht mal mehr schmecken kann, auspustet. Achtlos tippt er die Asche auf das dunkle Leder der Couchlandschaft und sieht dem Qualm beim Emporsteigen zu. Die Szenerie scheint nicht weiter ungewöhnlich. Ein junger Mann, offenbar für wenige Augenblicke versuchend abzuschalten in einem Haus, das einem Palast gleicht und doch so einsam wie riesig ist. Wenn man von der Tatsache absieht, dass er nichts weiter als feuchte Luft auf seiner scheinbar makellosen Haut trägt und ein junges, ebenfalls nacktes Mädchen über seine Mitte gebeugt ist, würde dieses Schauspiel nicht weiter obszön oder gar anzüglich auf einen Beobachter wirken. Er scheint nicht bei der Sache zu sein, schon fast gelangweilt, und das, obwohl sie sich die größte Mühe gibt. Ihre zarten Beine knien rechts und links neben seinen und die Hände werden auf seine Lenden gestützt. Wohlbedacht, ihm dabei nicht wehzutun oder ihn zu stören. Er würdigt sie keines Blickes, die Schwaden in der abgestandenen Luft wirken interessanter auf ihn. Damit beleidigt er sie und ihr Können, dessen ist er sich bewusst. Aber zu leugnen, dass sie ihn nicht beeindrucken kann, wäre zwecklos und im schlimmsten Falle sogar kräfteraubend. Daher lässt er sie machen, zieht nun stärker am mittlerweile minimierten Zigarettenstummel und wartet geduldig, bis sie aufgibt. Als sie schließlich von ihm ablässt und sich schweigend aufrichtet, atmet er tief ein und schließt die Augen. Eine Zeitlang verharrt er in dieser Pose und wünscht sich, dass sie diese stumme Aufforderung versteht, aber das tut sie nicht. Seufzend, aber kaum hörbar öffnet er wieder die Augen und blickt sie an. Sie hockt nun neben ihm, die Knie an die nackten Brüste gezogen, das etwas zause blonde Haar auf die Schultern fallend. Sie ist ein außerordentlich hübsches Mädchen mit ihren hohen Wangenknochen, den vollen Lippen und der kleinen Nase. Das hat ihn gereizt, weswegen es nun umso enttäuschender ist, dass sie seine Erwartungen nicht mal ansatzweise erfüllen konnte. Er hatte sich mehr von ihr versprochen. Nun schnipst er den letzten Rest Grau weg und verschränkt die Hände im Nacken. Sie sieht ihn an, erwartungsvoll. Er ist nicht mal mehr in einem erregten Zustand und setzt sich auf. Kühl sowie deutlich küsst er sie auf die erhitzte Wange, wodurch sie endlich beginnt zu verstehen. Wortlos steht sie auf, streicht sich über den nackten rechten Oberschenkel, bevor sie ein letztes Mal seinen Blick sucht. Ihre Unsicherheit sieht man ihr an, doch er empfindet keinerlei Mitleid mit ihr. Wieso kann sie nicht einfach verschwinden? Versteht sie nicht, dass er sie nicht mehr bei sich haben will? Vermutlich spukt noch ein kleines bisschen Hoffnung in ihrem schönen Köpfchen, dass er sie trotzdem wiedersehen will. Dass er sagt, heute sei einfach nicht sein Tag, aber sie sei wunderbar und er wolle sie wiedersehen. Immerhin ist auch er ein ungewöhnlich attraktiver, junger Mann, weswegen sie sehr stolz war, als er sie mit zu sich nach Hause nahm. Sie hatte ihren Freundinnen in der Bar zugezwinkert, die als Antwort anrüchig mit den Augenbrauen wackelten und ihre Zungen über die Lippen gleiten ließen. Wahrscheinlich wären sie auch gerne von ihm auserwählt worden. Von ihm, mit seiner überdurchschnittlichen Größe, dem breiten Kreuz und dem dunklen Haar, das seine hellen Augen betonte. Aber er hatte sich für *sie* entschieden. So glücklich sie anfangs darüber war, so gedemütigt fühlt sie sich jetzt, weswegen sie es aufgibt, ihn so unterwürfig anzusehen, um sich schleunigst aus dem Staub zu machen. Sie wird noch die ganze Nacht weinen, so benutzt fühlt sie sich.

Da sie sich nun umdreht, ihre verstreute Kleidung auf den dunklen Bambusdielen zusammensucht und die Schritte langsam verhallen, greift er nach seinem Smartphone, das er vorhin auf dem gläsernen Couchtisch abgelegt hat. Noch immer liegt der knapp formulierte Zettel neben der Fernbedienung mit den mehr als lieblosen und schlichtweg der Information dienenden Worten seines Vaters. Bargeld hat er ihm keines dagelassen, schließlich hat er eine Kreditkarte und Dank monatlicher Überweisungen keinen Bedarf an Cash. Scheine für eine Hure braucht er auch nicht, die Mädchen würden eher ihm welche dafür geben, als er ihnen. Die kleine Blonde ist schließlich auch einfach so mit ihm mitgegangen, obwohl er sich nicht mal sonderlich Mühe gegeben hatte, ihr schöne Augen zu machen. Doch nun langweilt er sich noch mehr als bei ihrem Blowjob und stellt fest, dass es noch nicht allzu spät ist. Mitternacht hat erst vor Kurzem geschlagen und er hat noch einige Stunden im wachen Zustand vor sich, das weiß er. Schon seit er ein kleines Kind ist, schläft er schlecht, fühlt sich dauerhaft wach und denkt vor dem Sonnenaufgang gar nicht daran, zu Bett zu gehen. Daher kommt es ihm wie gelegen, dass seine Freunde, mit denen er vorhin noch auf einer Party war, ihn genau in diesem Moment anrufen. Obwohl er sich vorgenommen hatte, nicht mehr Ja zu sagen, lässt er sich nun doch zu ihrer recht neuen Freizeitbeschäftigung überreden. Außerdem hatten sie zu dritt nicht viel vom gemeinsamen Abend gehabt, da jeder recht früh mit einem Mädchen zu sich nach Hause abgezogen war. Wie sollte er da nun Nein sagen?

Es ist nicht mehr als ein Scherz, man mag es jugendlichen Leichtsinn und chronische Unterbelastung von reichen Schnöseln nennen, sofern man die Vorgeschichte der Freunde nicht kennt. Das Einsteigen und Verwüsten eines fremden Hauses ist in seiner Gruppe ein Ablenkungsmanöver von einer ganz anderen Beschäftigung geworden. Auch wenn er jetzt noch nicht weiß, dass sich der Ausgang dieses Spaßes in der heutigen Nacht anders gestalten wird als sonst.

Eins

Vor vierzehn Jahren

Wahrscheinlich war es der schlimmste Tag im Leben des Sechsjährigen, was keinesfalls daran lag, dass der Himmel wolkenverhangen war und der Wind wie ein heulender Geist sein Unwesen trieb. Es lag auch nicht daran, dass der kleine Junge heute noch nichts gegessen hatte, weil er und sein Vater in der Früh einen Anruf erhalten hatten, der sie dazu brachte, umgehend ins Auto zu steigen und ins Krankenhaus zu fahren. Und nein, es lag auch nicht an seinem aufgeschürften Knie, auf dem mittlerweile ein Pflaster mit bunten Teddybären klebte. Er war auf dem Parkplatz gestolpert, weil seine Finger zu sehr gezittert hatten, um seine Schnürsenkel zu binden. Aber das alles war nicht der Grund dafür, dass dieser Tag der schmerzhafteste war, den er je erlebt hatte.

Sie lag im Sterben, seine Mutter. Eigentlich tat sie das schon seit einiger Zeit. Eigentlich schon, seit er denken konnte. Als er gerade laufen lernte, fing sie an, über Schmerzen in der Brust zu klagen. An das rasselnde, schreckliche Geräusch, das ihre Lunge nur ein paar Wochen später begann von sich zu geben, würde er sich selbst noch erinnern können, wenn er hundert Jahre alt war. Damals war er zu jung, um zu verstehen, dass seine geliebte Mutter schwer krank war, aber er verstand sehr wohl, dass sie litt. Sie litt so sehr.

Anfangs gab es noch so etwas wie Hoffnung. Die Chemo schlug an, sie verlor zwar ihr langes schwarzes Haar, aber noch längst nicht das Leuchten ihrer hellgrauen Augen. Mittlerweile war es erloschen, das Leuchten, und ihr Blick war müde geworden. Sie war schrecklich müde und kraftlos. Hätte sie nicht ihren kleinen, wunderschönen Sohn und ihren liebevollen, vielleicht etwas überarbeiteten Mann, hätte sie sich wohl schon längst der Schläfrigkeit hingegeben. Doch jetzt hatte sie aufgegeben, auch wenn sie ihrem Kind versprochen hatte, genau das nie zu tun. Vielleicht war es ein Fehler gewesen, ihm zu schwören, dass sie es schaffen würde, aber sie liebte ihn so, so sehr.

Und so war es sein hübsches, kindliches Gesicht, das sie zuletzt sah, bevor sie aufhörte zu sehen, aufhörte zu atmen und aufhörte zu leiden.

Wenn man nun glaubt, dass es nach solch einem furchtbaren Tag für ein Kind, das gerade den Kindergarten verlassen hat, nur noch besser werden kann, dann irrt man. Es wurde nicht besser. Nur gewöhnlicher. Der Schmerz wurde zu einer Dauererscheinung des einst so fröhlichen Jungen. Er hatte seine Mutter so sehr geliebt und doch hatte er sie nicht vor dem Tod beschützen können, der gierig seine Hände nach ihr ausgestreckt hatte. Sie hatte ihn immer beschützt, doch er war nicht in der Lage gewesen, das Gleiche für sie zu tun.

Die Trauer wich Zorn. Er wurde furchtbar zornig nach einer Zeit. So zornig, dass er bald nicht mehr zur Schule gehen konnte. Nicht, weil er mit dem Stoff nicht zurechtkam, nein – tatsächlich war er ein äußerst intelligentes Kind –, sondern weil er gefährlich wurde. Anfangs waren es nur, vermeintlich aus Übermut, Schubser, die sich rasch zu Prügeleien mit seinen Mitschülern entwickelten. Der Schmerz pulsierte mit solch einer Kraft in seiner schmalen Brust, dass er hoffte, ihn loswerden zu können, wenn er sich selbst losließ und Sachen tat, die er zuvor nie getan hatte. Es war nicht so, dass es ihm gefiel, anderen wehzutun, dafür war er viel zu sehr das Kind seiner Mutter. Aber er wurde blind, blind vor Wut und vor Schmerz. Meistens merkte er erst, was er angerichtet hatte, wenn er selbst oder das andere Kind mit einer blutigen Nase oder einem gebrochenen Arm am Boden lag. Zu Anfang erschreckte er sich noch vor sich selbst und dem, wozu er fähig war, doch irgendwann stellte er fest, dass es angenehm war. Weil das körperliche Leid oder die Bestrafungen für sein Handeln für einen Moment präsenter waren als der Krieg, der in seinem Inneren loderte.

Nachdem ein Mädchen unter mysteriösen Umständen eine Treppe hinuntergestürzt war und sich dabei das Bein gebrochen und eine Platzwunde zugezogen hatte, musste er die Schule verlassen. Fortan wurde er privat unterrichtet, so, wie sein Vater es eigentlich immer gewollt hatte. Seine Mutter war diejenige, die sich dagegen ausgesprochen hatte, weil sie wollte, dass ihr Sohn normal aufwuchs, auch wenn seine Eltern mehr Geld als die meisten hatten. Jetzt war sie tot und zu ihrem Jungen kam jeden Tag ein Lehrer nach Hause, in das palastartige, prächtige Gebäude, das trotz all seiner kostbaren und teuren Möbel und Gemälde vollkommen arm war. Es war leer, weil die Liebe fehlte.

Vielleicht war es die Schuld seines Vaters, dass er so geworden war. Er hätte für ihn da sein müssen, aber wie soll man für jemanden da sein, wenn man nicht mal mit der eigenen Trauer fertig wird? Das Ergebnis waren zahllose Nächte, in denen er sich in seiner Firma in Arbeit stürzte, und ein Haus, das bald nur noch von einem Kind bewohnt wurde, das gerade in dieser Zeit nicht hätte allein sein sollen. Es tat ihm leid, dass er sein eigen Fleisch und Blut so im Stich ließ, aber er konnte nicht anders. Um sein schlechtes Gewissen irgendwie zu beruhigen, machte er ihm teure Geschenke, überwies ein mehr als übertriebenes Taschengeld und sorgte dafür, dass sein Junge keinen Finger im Haushalt rühren musste.

Das machte die Sache nicht besser, nicht mal ein bisschen, aber es betäubte den Schmerz zumindest eine Zeitlang. Zumindest, bis er abends von der Haushälterin ins Bett gebracht, zugedeckt und allein gelassen wurde. Und – das wurde ihm immer wieder bewusst, auch wenn er sich dafür schämte – es tat nicht annähernd so gut wie die Prügeleien mit seinen ehemaligen Mitschülern. Der Schmerz verkroch sich in ihm, bis das Licht ausgeschaltet wurde und er die Augen schloss. Dann meldete er sich wieder, wand sich eng in seiner Brust und schnürte ihm die Luft ab. Als hätte jemand einen Schraubstock um seine Lunge gelegt. So musste sich seine Mutter gefühlt haben, als sie von innen langsam vom Krebs zerfressen wurde, und doch konnte der Kleine sich nicht vorstellen, dass irgendjemand auch nur ansatzweise das nachempfinden konnte, was er Nacht für Nacht erlebte.

Er schlief nicht, zumindest nicht richtig. Manchmal lag er bis zum Morgengrauen wach und kämpfte sich mit roten, brennenden Augen und schmerzenden Gliedern aus dem Bett, vollkommen unfähig auch nur ein Auge zuzumachen, obwohl er doch so unglaublich müde war.

Er starb, vielleicht nicht körperlich, aber innerlich starb er. Das Kind, das Leuchten, das einst in ihm gelebt und mit den Sternen getanzt hatte, starb. Jeden Tag wurde er ein bisschen kälter, ein bisschen grausamer, ein bisschen weniger lebendig. Er war gemein zu den Menschen, zu denen er überhaupt noch Kontakt hatte, weswegen sein Umfeld jegliche Annäherungen irgendwann gänzlich einstellte.

Dabei war Nähe genau das, was er so dringend brauchte. Er brauchte seine Mutter und er brauchte seinen Vater, die beide irgendwie aus seinem Leben verschwunden waren, weswegen er all das verlor, was ihn einst zu dem gemacht hatte, was er war: Er war glücklich gewesen. Er war einmal so glücklich gewesen.

Nicht mal ein Jahr, nachdem seine Mutter ihn verlassen hatte, war er so weit vom Glücklichsein entfernt, dass er in psychologische Betreuung gebracht werden musste. Nicht sein Vater war es, der erkannte, dass sein Sohn eine Therapie, dass er Hilfe brauchte, sondern die Angestellten, die nach und nach kündigten, weil sie das Leid nicht mehr mit ansehen konnten. Und weil er giftig war zu ihnen, obwohl er dafür nichts konnte. Die Haushälterin, die zuletzt die Flucht ergriff, benachrichtigte die richtigen Leute, die sich um den kleinen, gebrochenen Jungen kümmerten.

Zumindest versuchten sie es, wenn auch mit wenig Erfolg. Es war das letzte Mal für einige Jahre, dass jemand sich für sein Leben interessierte. So sehr er sich auch versuchte zu öffnen, es gelang ihm nicht. Er konnte nicht. Er konnte einfach nicht mit ihnen sprechen. Er konnte nicht mal weinen, wenn die Frau einmal in der Woche zu ihm kam, sich mit ihm in sein vollgestopftes, aber lebloses Kinderzimmer setzte und versuchte, ihm zu helfen. Obwohl sein Vater sie gut bezahlte, war sie nicht erfolgreich. Auch sie verließ ihn nach einiger Zeit. Das letzte bisschen Hoffnung, dass sie es irgendwie auf einem sanften Weg schaffen würden, ihn aus den Tiefen seiner eigenen Finsternis zu holen, verschwand.

Kurz bevor er in eine Einrichtung eingewiesen werden konnte, die man als seine letzte Rettung bezeichnete, lernte er jedoch Erik kennen.

Und dann wurde alles besser.

Zwei

Mit geschlossenen Augen und weit von mir gestreckten Armen und Beinen spüre ich, wie ich langsam an die Oberfläche steige. Blinzelnd lasse ich das brennende Chlorwasser an meine empfindliche Hornhaut. Kleine Luftblasen schweben in tanzenden Pirouetten empor und überholen mich. Dieser Anblick macht meine brennenden Augen allemal wieder wett. Mein Atem neigt sich dem Ende zu, weswegen ich mit einem kräftigen Stoß gegen den Fliesenboden des Pools die Wasseroberfläche durchbreche und scharf die kalte Luft einziehe. Über mir tut sich der nächtliche Sternenhimmel Stockholms auf. Meine Brust hebt und senkt sich kraftvoll, wobei ich feststelle, dass sich die Wärme des Sommertages bereits zu einem großen Teil verflüchtigt hat. Die Wassertemperatur scheint sogar höher als die Lufttemperatur zu sein und wenn ich nicht so müde wäre und meinen Eltern nicht versprochen hätte, nicht allzu spät schlafen zu gehen, wäre ich wohl in den zarten Wellen geblieben. So aber wate ich mit langen Zügen an den Beckenrand und steige die Leiter herauf. Das Handtuch, das auf der nackten Liege auf mich wartet, schlinge ich sofort um meinen Körper und versuche das fröstelnde Zittern zu unterdrücken. Nachts ist meine Lieblingszeit, weil die Stille im gesamten Haus viel erträglicher ist. Ich rede mir dann gerne ein, dass es nur so ruhig ist, weil alle schlafen und nicht, weil ich mal wieder die Einzige bin, die zu Hause ist. Vor der Dunkelheit fürchte ich mich nicht, auch nicht vor dem Alleinsein. Eigentlich bin ich vielmehr enttäuscht. Enttäuscht, dass ich so im Stich gelassen werde von den einzigen Menschen, die ich habe, weil scheinbar alles wichtiger ist als das eigene Kind. Deswegen stelle ich mir nachts, wenn kein Ton zu hören ist, gerne vor, dass meine Mutter und mein Vater einfach *zusammen* im Bett liegen und schlafen. Ich male mir ein Stück heile Welt, doch sobald der Tag anbricht, gebe ich es auf, mir selbst was vorzumachen. Aber jetzt ist es kalt und ich bin müde. Daher beeile ich mich, über die Terrasse ins Haus zu kommen. Die Schiebetür ist noch offen und drinnen bedanke ich mich mal wieder stumm, dass wir eine Fußbodenheizung haben. Ein Blick auf die Uhr zeigt mir, dass ich mein Versprechen schon jetzt mehr oder weniger gebrochen habe. Es ist nach Mitternacht und ich grummele mal wieder in mich hinein bei dem Gedanken, dass meine Eltern sich jetzt wahrscheinlich in irgendeinem Hotelzimmer vergnügen. Getrennt natürlich und mit unterschiedlichen Partnern. Es ist kein Geheimnis, dass sie seit ihrer mehr oder minder vollzogenen Scheidung immer zur selben Zeit in den Urlaub oder wie in diesem Fall auf einen Wochenendtrip fahren, um dem jeweils anderen eins reinzuwürgen. Das ist schlichtweg dämlich und führt am Ende doch wieder nur ins Nichts. Sie kommen zurück, ziehen in ihre übertriebenen, aber zugegebenermaßen sehr annehmbaren Bleiben ein und versuchen, über mich zu vermitteln. Das läuft dann immer so ab, dass ich bei meinem monatlichen Umzug in Papas Villa oder Mamas Apartment ausgequetscht werde über das Befinden des Anderen, die jeweilig aktuelle Affäre, die ich sowieso nie kennenlerne, und auch ja kein gutes Haar an ihm lassen darf. Damit versuchen sie mich zu manipulieren und vor allem sich selbst, indem sie sich einreden, dass sie sich nach der Trennung viel besser und glücklicher entwickelt hätten als der ehemalige Partner. Es ist schon ziemlich kompliziert. Einerseits kann ich einfach nicht glauben, dass sie sich abgrundtief hassen und andererseits schließe ich so etwas wie Liebe oder Zuneigung zwischen ihnen klar aus. Für dieses Auseinanderdriften gibt es ja nicht mal einen expliziten Grund, nein, das hat sich einfach so entwickelt. Sagen sie zumindest. Vielleicht ist Mama auch ganz klischeemäßig mit dem Gärtner ins Bett oder Papa hat sich ein paar schöne Stunden mit einer Angestellten gemacht. Aber wenn sie einander egal wären, würden sie dann nicht aufhören, so viel Wert darauf zu geben, wie der andere einen sieht? Würden sie wirklich keinerlei Gefühle mehr füreinander empfinden, könnte doch jeder seinen eigenen Weg gehen. Sie müssten sich ja nicht mal sehen, solange es nicht um mich geht, denn ich werde für immer ihrer beider Tochter sein, was sie aber anscheinend nicht als Anlass sehen, sich zu vertragen, sondern ausnutzen, um sich fertigzumachen. Doch um ehrlich zu sein, interessiert mich das nicht wirklich. Solange sie mir ihren Willen nicht aufzwingen, ist es mir ziemlich egal, wie stark sie übereinander lästern. Das geht ja immerhin seit schon fast drei Jahren so und irgendwann gewöhnt man sich daran. Ich kann froh sein, dass ich keine Geschwister habe. Dann würde dieser kleine Krieg ja auch noch mehrspurig werden und das brauche ich nun wirklich nicht.

Im Moment sehne ich mich einfach nach nicht mehr als einer heißen Dusche und mache mir nicht die Mühe, nach Schuhen für meine nassen Füße zu suchen, bevor ich durch das große Wohnzimmer laufe und die Treppe nach oben benutze. Die Fußabdrücke auf dem langen Flur werden schon wieder trocknen, außerdem friere ich furchtbar, weswegen ich schnell ins Bad husche. Das Handtuch fällt zu Boden und ich schlüpfe aus meinem Bikini, den ich ins Waschbecken schleudere. Eigentlich ist es ja albern, dass ich das Teil überhaupt anziehe. Mich kann niemand beobachten, wenn ich schwimmen gehe, weil das Grundstück riesig und abgeschirmt ist, aber irgendwie fühle ich mich nackt trotzdem unwohl. Nicht mal meine Eltern haben mich ohne Klamotten sehen dürfen, seit mir Brüste und andere Sachen gewachsen sind, die zeigen, dass ich zur Frau werde. Nicht, dass ich mich hässlich fühle, aber ich muss mich ja nicht jedem präsentieren.

Der heiße Regenwaldstrahl der überteuerten Brause beruhigt ungemein, während ich beginne, die sich immer wieder einschleichenden Knoten in meinen dunklen Haaren zu lösen. Irgendwann gebe ich auf und stelle den Strahl ab. Mit einem frischen Handtuch bewaffnet trockne ich mich ab, verlasse eilig das Bad und gehe in mein Zimmer, wo ich meine kurze Schlafhose und das ausgewaschene Shirt anziehe. Unschlüssig stehe ich vor meinem Spiegel und beschließe dann doch noch, einen Föhn zu benutzen. Meine Bettwäsche saugt sich immer so schnell voll und einmal hat das sogar angefangen zu schimmeln, weil es nicht ordentlich getrocknet ist, wovon mein Vater nicht gerade begeistert war.

Meine viel zu dicken Strähnen brauchen lange, bis das komplette Wasser weggepustet ist. Erst nach einer viertel Stunde, die ich vor meinem Schminktisch stehend verbringe und in der ich fast einschlafe, bin ich fertig. Kurz überlege ich, beschließe dann aber, mal ganz mutig zu sein, und schalte meine Deckenlampe sofort aus, ohne mein Handy, das auf dem Nachttisch liegt, als Leuchter zu nutzen. Außerdem habe ich das vorhin vor dem Schwimmengehen sowieso vergessen aufzuladen. Macht nichts, mir schreibt eh keiner. Mit einem fast perfekten Hechtsprung lande ich in meinem Bett und versuche, ohne was zu sehen, das Wirrwarr meiner Decke zu entknoten. Doch etwas lässt mich in meiner Mission innehalten. Etwas, das ich erst für Einbildung halte. Unten ist irgendwas. Etwas rumpelt und dann ist es wieder kurz still. Sekunden später birst Glas, was mich zusammenzucken lässt.

Eindeutig, in das Haus meines Vaters wird gerade eingebrochen und ich hocke hier in meinem Bett und schaffe es nicht, mich zu bewegen. Erst beim nächsten lauten Krachen entkrampfen sich meine angespannten Muskeln wieder und ich verfluche mich tausend Mal dafür, dass mein Handyakku gleich null ist und das Telefon unten in der Ladestation stecken müsste. Herzlichen Glückwunsch, richtig gut gemacht. Kopfschüttelnd taste ich links neben mir nach dem Schalter, bis ich endlich meine Nachttischlampe gefunden und angemacht habe. Ich muss dringend irgendwie Hilfe holen. Wenn keiner den oder die Typen beim Einsteigen beobachtet hat, ist es unwahrscheinlich, dass man sie jetzt noch bemerken wird. Die Grundstücke in diesem Viertel sind wie gesagt groß und die Häuser nicht Tür an Tür. Man muss schon gewaltig Lärm machen, damit von einem Kenntnis genommen wird. Und so blöd sind die bestimmt nicht. Warum zur Hölle ist eigentlich die Alarmanlage nicht losgegangen? Die macht einen Heidenlärm und verständigt gleichzeitig die Polizei, doch genau in diesem Moment, in dem sie das erste Mal wirklich gebraucht wird, macht sie keinen Pieps.

Mein Blick wandert zum Fenster. Ich zwinge mich, ruhiger zu atmen. Wenn ich nicht gleich ermordet werden sollte, sterbe ich womöglich noch an einem Kreislaufkollaps und das wäre ein ziemlich lächerlicher Tod. Langsam, darauf bedacht, so wenig Geräusche wie möglich zu machen, die mich verraten könnten, schleiche ich an die große Glasfront. Springen fällt schon mal aus, mein Zimmer ist in der zweiten Etage und ich würde wohl ziemlich ungemütlich und nach erst ungefähr sieben, acht Metern aufkommen. Und mit einem gebrochenen Bein, geschweige denn Genick flüchtet es sich recht schlecht. Vielleicht schaffe ich es ja, mich unbemerkt nach unten zu stehlen und irgendwie über die Terrasse nach draußen zu gelangen. Wenn die nicht ganz bescheuert sind, werden sie sich ja bestimmt denken können, dass mein Vater seine Wertsachen in seinem Schlafzimmer aufbewahrt, und das ist direkt neben der Küche und dem dazu offen durchgängigen Wohnzimmer. Obwohl ich bis heute nicht weiß, warum mein Vater das so hat bauen lassen, danke ich ihm jetzt dafür, denn es stellt meine einzige Möglichkeit dar, hier rauszukommen. Vielleicht kann ich im Vorbeigehen noch das Telefon einstecken und draußen die Polizei rufen. Das wäre natürlich optimal. Da kommt mir ein ziemlich blöder, aber durchaus berechtigter Gedanke: Ich trage keinen BH. Und obwohl ich eigentlich keine Zeit dazu habe, haste ich nochmal an meinen Schrank und ziehe einen heraus, um ihn schnell überzustreifen. Ich meine, was ist denn, wenn ich später halbnackt und mit nur durch dünnen Stoff bedeckten Brüsten einem Polizisten erzählen muss, was vorgefallen ist. Es ist total albern, aber ich traue mich ja nicht mal, in meinem, zumindest bis vorhin, leeren Haus nackt baden zu gehen.

Unten wird es immer lauter. Immer mal wieder scheppert oder kracht es gewaltig, wodurch mich eine Gänsehaut überkommt. Kopfschüttelnd erinnere ich mich daran, was ich vorhabe und dass mir womöglich nur noch wenig Zeit bleibt. Bedacht auf Lautlosigkeit schleiche ich zur Tür und will gerade die Klinke herabdrücken, als mir jemand von außen zuvorkommt und die untere Kante der Holzplatte gegen meinen nackten Fuß knallt. Fluchend springe ich auf dem unversehrten Fuß zurück und versuche, den Schmerz mit Schimpfworten zu vertreiben. So wohlerzogen bin ich dann doch wieder nicht. Erst nach einigen Sekunden kann ich meinem Gegenüber in die Augen sehen und erkenne erst ziemliche Verwirrung und dann etwas Dunkles in ihnen. Es ist ein junger Mann, vielleicht so alt wie ich oder ein bisschen älter.

»Was machst du denn hier?«, knurrt er. Der Rhythmus in meiner Brust kommt für einen Takt durcheinander vor Angst. Vergessen ist mein Fuß, ich kann ihn nur noch anstarren und hoffen, nicht gleich umzukippen. Meine Güte, wieso bin ich so ein Angsthase?

»Wohnen«, presse ich atemlos hervor, weil ich das Gefühl habe, irgendwas sagen zu müssen. Seine Haltung verändert sich. Wahrscheinlich wäre das der richtige Augenblick, um irgendeinen coolen Selbstverteidigungs-Move zu machen, aber an so einem Kurs habe ich nie teilgenommen, weswegen ich nur dastehe und unter seinem Blick immer kleiner werde. Er ist mindestens einen Kopf größer als ich und seine breiten Schultern scheinen fast den gesamten Türrahmen auszufüllen. Vermutlich würde ich ihn sonst ziemlich attraktiv finden, aber der Kerl ist gerade in mein Haus eingebrochen und funkelt mich jetzt mit solch einer Wut an, dass man meinen könnte, *ich* wäre in *sein* Haus eingestiegen. Verdammt, ist der einschüchternd.

»Das tut mir auf jeden Fall schon fast leid für dich.« Was will er jetzt damit sagen? Er macht einen Schritt auf mich zu und ich weiche ihm synchron nach hinten aus. Der Moment ist gekommen, in dem ich wirklich was tun muss. Wenn ich ihn schlage oder trete, gebe ich ihm vielleicht die Möglichkeit, mein Hand- oder Fußgelenk zu greifen, daher verwerfe ich diese Idee und beschließe, einfach an ihm vorbeizuhasten und durch die geöffnete Tür zu sprinten. Außerdem bin ich in Selbstverteidigung wie gesagt eine Niete. Aber ich bin nicht besonders groß und schmal, was mir vielleicht ermöglicht, an ihm vorbeizuschlüpfen.

Funktioniert theoretisch einwandfrei, in der praktischen Umsetzung finden sich aber einige Schwächen. Um genau zu sein, bin ich nicht schnell oder er nicht überrumpelt genug, weswegen er einen Zipfel meines Oberteils zu greifen bekommt und mich zurückzieht. Ein kleines und mehr als überhebliches Grinsen schleicht sich auf sein Gesicht, nur der Ausdruck seiner Augen bleibt unergründlich. Gut, jetzt habe ich ohnehin nichts mehr zu verlieren und da ich eine ziemlich günstige Position besetze, hole ich aus und ramme mein Knie in seine Körpermitte, was uns beide überrascht. Jetzt ist er es, der flucht. Damit hat er wohl nicht gerechnet und in dieser Sekunde der Schwäche und Unachtsamkeit lässt er mich los und ich laufe.

Mein Zimmer ist nah an der Treppe nach unten. Ich richte meinen Blick auf meine Füße, um nicht zu stolpern, was gar nicht so einfach ist, weil ich vor Aufregung bebe. Meine Hände wandern rechts und links das Geländer herab, während ich von oben einen Schrei und stampfende Schritte wahrnehme. Mein Herz macht einen ängstlichen Satz. Bis zur Tür ist es nicht mehr weit. Die Terrasse ist näher, ja, aber mir fällt erst jetzt auf, dass es mir wohl wenig bringt, in einen von Hecken eingezäunten Garten zu rennen. Am Ende der Treppe angekommen brüllt der Typ aus mir unerfindlichen Gründen noch einmal auf. Plötzlich springt mir von der Seite ein weiterer Kerl in den Weg. Durch das ausgeschaltete Licht habe ich ihn nicht sehen können und er stellt sich schlauer an als sein Kumpel, indem er ruckartig einen Arm um meine Taille schlingt und mich vor seine Brust zieht. Das geht alles so schnell und unerwartet, dass ich es nicht mehr schaffe, meine Arme aus seinem Griff zu ziehen. Die presst er mit Leichtigkeit an meinen Oberkörper. Warum kann ich kein Junge sein?

»Na, wen haben wir denn da?«, höre ich ihn mehr als schadenfroh feixen. Sein erhitzter, nach Alkohol stinkender Atem klebt in meinem Nacken. Ich versuche mich irgendwie rauszuwinden, aber ihn beeindruckt das nicht im Geringsten.

»Lass mich los!«, fauche ich ihn an und kämpfe

nun mit meinen Ellenbogen, was sich aber als aussichtslos herausstellt. Das Licht wird angemacht und ein Typ mit einer Bierflasche in der Hand und der, dem ich vorhin schon im Zimmer begegnet bin, kommen zu uns. Sind die völlig geisteskrank? Erst brechen die einfach irgendwo ein und jetzt halten sie mich auch noch hier fest?

»Du sollst mich loslassen, verdammter Wichser!«, schreie ich und habe in diesem Moment wohl eindeutig mehr Wut als Furcht in der Stimme. Es macht mich so unfassbar zornig, wie man so dreist sein kann. Der Biertrinker lacht auf und der andere, dem ich oben begegnet bin, kommt zu mir. Seine große Hand legt er schmerzlich an mein Kinn und drückt damit meinen Kiefer zusammen.

»Höhenflüge, oder wie?«, feixt er. Ich beiße die Zähne zusammen, obwohl ich eigentlich lieber ihm irgendwas abbeißen würde.

»Scheint ihren Stand wohl nicht zu kennen, die Kleine«, lacht der Kerl, der mich festhält. Wütend werfe ich den Kopf nach hinten, wovon mich nicht mal die Pranke in meinem Gesicht abhalten kann, und pralle mit voller Wucht gegen ein Schlüsselbein oder so was. Wow, das tat mehr weh als gedacht.

»Scheiße!«, entfährt es immerhin meinem Umklammerer und er lockert kurz seinen Griff. Bevor ich das allerdings ausnutzen kann, reagiert der Mistkerl, der mein Gesicht gerade noch festgehalten hat. Seine flache Hand trifft schneidend meine Wange. Bevor ich wütend aufbrüllen und mich beschweren kann, landet ein Knie in meinem Magen. Stöhnend verliere ich den Halt und würde sich die Umklammerung um mich nicht wieder festigen, würde ich zu Boden stürzen. Meine Beine lassen nach und trotzdem hält das diese verdammten Scheißkerle nicht davon ab, weiter auf mich einzuschlagen. Die Ohrfeige war da ja erst ein erbärmlicher Anfang. Nicht erwähnenswert im Vergleich zu dem, was jetzt kommt. Meinen Kopf lassen sie immerhin verschont, aber dafür bekommt mein Oberkörper ganz schön viel ab. Zunächst versuche ich noch, mich aufzurichten oder wegzukriechen, aber das ist sinnlos. Sie sind zu dritt. Ich kann mich nur noch auf dem Boden zusammenkauern und meine Arme schützend um meinen Kopf schlingen.

»Selbst schuld, dummes Miststück!«, höre ich sie zischen und jetzt weiß ich, warum ich keinen Treffer im Gesicht spüre. Sie wollen, dass ich bei Bewusstsein bleibe. Sie wollen, dass ich alles mitbekomme, jeden einzelnen Tritt spüre. Eine Faust kollidiert mehr als heftig mit meiner Brust. Ich spüre, wie mir übel wird. Wäre das nicht schon erniedrigend genug, spüre ich, dass mein Shirt ruckartig herabgezerrt wird.

»Warum hattest du so 'ne große Fresse, hm?«, knurrt es. Meine Hände werden festgehalten, damit sie mir an die Brüste packen können, was nicht nur schmerzhaft, sondern auch noch unheimlich erniedrigend ist. Oh Gott, bitte, bitte lass sie mich nicht vergewaltigen.

Die Angst ist so einnehmend, dass ich nur noch ein Wimmern hervorbringe.

»Halt's Maul!«, brüllt mir jemand ins Ohr und spuckt mir ins Gesicht.

Mittlerweile kann ich nichts mehr orten oder zuordnen. Da sind so viele Hände, Füße und Ellbogen, die mich demütigen, dass meine Sicht immer wieder verschwimmt und aufklart.

»Kannst ja doch heulen«, lacht mir der Biertrinker ins Gesicht und knallt mir eine. In einem letzten Versuch, Hilfe zu erreichen, schreie ich mit verbliebener Kraft, aber der heisere Ton wird durch eine Hand auf meinem Mund gedämpft. Wie kann man nur so grausam sein?

»Ich hab gesagt, du sollst deine beschissene Schnauze halten!« Schwer atmend, aber mit einem letzten Funken Hoffnung schlage ich meine Zähne in seine Finger und jetzt bin nicht mehr ich es, die wie ein Stier brüllt.

»Die Schlampe hat mich gebissen!«, knurrt er. Noch ehe ich einen verzweifelten Hilferuf hinausschreien kann, packt mich der anscheinende

Anführer dieser kranken Geschichte im Nacken und presst seine Hand auf meine Lippen. Ich kann nicht schreien, nicht mal mehr heulen.

»Sucht irgendwas, mit dem ich ihr das Maul stopfen kann«, flüstert er in meinen Nacken. Es dauert nicht lange, bis die Hand durch irgendein Stück Stoff in meinem Mund ersetzt wird. Meine nackten Fußgelenke werden zusammengebunden und meine Hände folgen.

»Und jetzt?«, höre ich sie sagen. Ich spüre, wie mir aus Angst und Schmerz die Luft immer mehr abhandenkommt und ich den Halt verliere.

»Alter, ich glaube, die wird gerade ohnmächtig«, dringt es nur noch schwach zu mir durch. Auch das Rütteln an meinem Körper hält mich nicht davon ab unterzugehen.

Drei

Das Erste, was ich beim Aufwachen spüre, ist das tiefe Dröhnen meines Schädels. Es fällt mir schwer, bei Bewusstsein zu bleiben, so stark sind die Schmerzen. Alles ist so unwirklich. Immer wieder verliere ich den Faden und auch ohne die Augen zu öffnen, flimmert alles. Als die Lichter nachlassen, wage ich es, langsam die Lider zu heben.

Es ist passiert. Es ist wirklich passiert. Die Hoffnung, dass alles nur ein böser Traum war, erstirbt sofort, als ich die weiße, nicht besonders hohe Decke über mir sehe. Ich bin nicht mehr zu Hause und hierhergelaufen bin ich garantiert auch nicht.

Das kann doch alles nicht wahr sein! Ich kann es nicht fassen, dass sie mich tatsächlich mitgenommen haben. So machen sie doch alles nur noch schlimmer. Hätten sie mich einfach liegen lassen und wären abgehauen, hätten sie sich eine Menge Ärger erspart. Wieso konnten sie es nicht einfach dabei belassen?

Weil ich sie gesehen habe. Ich habe jedes einzelne Gesicht gesehen und zumindest den Schwarzhaarigen hätte ich sehr detailliert beschreiben können.

Selbst wenn sie es nicht gewollt hätten – sie mussten mich mitnehmen.

Moment mal, rechtfertige ich sie gerade? Nehme ich diese Wichser tatsächlich in Schutz?

Tränen schießen mir in die Augen, als ich mich vorsichtig versuche zu rühren und dabei feststelle, dass ich zwar keine gebrochenen Arme oder Beine habe, dafür aber immer noch gefesselt bin.

Den Kopf zu drehen, traue ich mich noch nicht. Wenn diese Typen hier sind, dann werden sie jede kleine Bewegung von mir beobachten. Diese perversen Arschlöcher. Immer noch steckt das Tuch in meinem Mund, das meine Mundwinkel unangenehm auseinanderzieht. Als würden die Schmerzen in meinem Gesicht, das sich seltsam fest und taub anfühlt, nicht reichen. Etwas Warmes läuft mir den Rachen herab, was mich fast zum Würgen bringt, doch ich kann mich zusammenreißen. Trotzdem schlägt mir mein Herz bis zum Hals und ich kann nicht verhindern, dass ich panisch Luft einsauge. Der Knebel in meinem Mund erleichtert mir das nicht, ganz im Gegenteil. Erschöpft senke ich wieder die Lider und hoffe, dass es besser wird. Dass ich nicht hyperventiliere und keine Luft mehr bekomme. Ein Geräusch zieht plötzlich meine Aufmerksamkeit auf sich, was mich nervös aufhorchen lässt. Ich bin also wirklich nicht allein.

Erst ein kleines Klicken, es zischt und dann hört

man einen tiefen Atemzug. Jemand zündet sich eine Zigarette an.

Ich bin am Arsch.

Das unangenehme Gefühl in meinem Hals wandelt sich in ein noch viel schlimmeres Kratzen, wodurch ich augenblicklich husten muss. Ein feixendes Lachen ist aus der anderen Ecke des Raumes zu vernehmen, was durch einen weiteren Zug unterbrochen wird.

»Kommst ja doch noch zu dir«, feixt eine Stimme, die ich sofort erkenne. Er ist es. Und plötzlich kann ich nicht mehr verhindern, dass ich immer weniger Luft bekomme, dass ich meiner Panik verfalle.

Fuck, fuck, fuck. Ich darf jetzt nicht hyperventilieren! Nicht jetzt, nicht hier.

Doch darauf pfeift mein Körper. Der Druck in meinem Hals wird immer stärker und ein riesiges Verlangen, sich zu erbrechen, macht sich breit, obwohl das überhaupt nichts bringen würde.

So fängt es immer an, das habe ich öfter, wenn ich mich aufrege. Ich hab gedacht, dass ich es überwunden habe, aber ich hätte auch nicht damit gerechnet, dass ich misshandelt und entführt werde, wodurch ich einem riesigen Stress ausgesetzt werde. Das provoziert die Attacken leider ungemein, weswegen mein Arzt, bei dem ich seit das angefangen hat in Behandlung bin, mich immer wieder davor gewarnt hat.

Mein Oberkörper spannt sich an und löst sich immer wieder, während ich nach Luft ringe. Das Lachen höre ich nicht mehr, vielleicht ist es erstorben, vielleicht bekomme ich nichts mehr mit. Erst als sich eine Hand auf meinen Rücken legt und mich vorsichtig in die Senkrechte schiebt, merke ich, dass der Typ bei mir ist. Er hockt neben mir und hält mich fest, weil er endlich checkt, dass etwas nicht stimmt.

»Hey hey hey, krieg dich ein«, herrscht er mich an und ich würde unter allen anderen Umständen lachen, wenn ich nicht gerade am Verrecken wäre.

Krieg dich ein, sagt er.

Aber wie gesagt, da ich erstens ein Tuch im Mund habe und zweitens kurz vorm Sterben bin, bleibt mir das Lachen im wahrsten Sinne des Wortes im Halse stecken.

Dieses beschissene Tuch lässt außerdem noch weniger von dem ohnehin schon knappen Sauerstoff in meine Lunge, was dieser Dreckskerl offenbar nicht sieht. Wieder setzt dieses Flimmern ein. Meine Sicht verschwimmt leicht und klart wieder auf. Wie ein Regentropfen, der über die Linse einer Kamera läuft.

»Du kriegst ja wirklich keine Luft«, murmelt dieser Intelligenzbolzen endlich, was ihn dazu veranlasst, mich von dem Fetzen zu befreien. Ein lautes Piepen zieht sich durch mein Gehör. Nun ist es zu spät sich zu beruhigen, um wieder normal atmen zu können. Ich versuche mich trotz oder gerade wegen des Pfeifens in meiner Luftröhre nach vorne zu beugen und lockere die Schultern, so weit das überhaupt noch geht.

Wie oft hat mein Pulmologe mir diese Haltung eingebläut, falls der Notarzt mal nicht schnell genug zur Stelle ist, und doch musste ich dieses Wissen noch nie anwenden.

Der Typ ist anscheinend doch nicht so blöd und greift in meine Fessel an der Hand, um sie zu lösen. Ziemlich hilflos hält er noch immer seine Hand auf mein Rückgrat, doch sonst kann er nichts tun, außer mich dabei zu beobachten, wie ich selbst alle Tipps, die mir mein Arzt irgendwann mal gegeben hat, beherzige.

Erstaunlicherweise funktioniert es. Das zwanghafte Keuchen lässt nach, und langsam bekomme ich wieder normal Luft.

»Hast du es dann jetzt?«, fragt der Typ hörbar bemüht, harsch zu klingen, während sich Schweißperlen auf meiner Stirn bilden. Meine Brust schmerzt, die Lunge piekt immer noch und ich überlege. Meine Hände sind frei, den Zustand wird er gleich wieder ändern. Es sei denn, ich handele jetzt.

»Antworte, wenn man dich was fragt«, knurrt er, mittlerweile wieder ernsthaft wütend klingend. Ruckartig drehe ich mich zur Seite und stemme mich auf gut Glück gegen den dadurch nach hinten wankenden Widerstand. Ich habe seine Brust getroffen und da er sein Gewicht nur auf die Fußballen verlagert hat, kann er sich überhaupt nicht halten und ich stürze mich auf seinen Oberkörper. Da ich absolut keine Ahnung habe, was ich tun soll, schlage ich blindlings auf ihn ein und verfolge den irrsinnigen Plan, ihn wenigstens benommen zu machen. Für einen Moment sieht er mich ziemlich verdutzt an und wehrt sich nicht, doch dieser Moment ist schnell vorbei. Unsanft packt er meine Oberarme und dreht mich mit dem Rücken auf den kalten Boden. Ohne mir Zeit zum Reagieren zu geben, drückt er sein Knie auf meinen Unterbauch und ich stöhne vor Schmerz laut auf.

»Bist du jetzt völlig übergeschnappt?«, fährt er mich an.

Was denkt der sich eigentlich? Dass ich brav zulasse, wieder gefesselt zu werden und ihm am Ende womöglich noch dafür danke? So feige bin ich dann doch nicht!

Aber schwach. Leider bin ich schwächer als er. Das nutzt er aus, um mit Kraft meinen Oberkörper anzuheben und ihn dann auf dem Boden aufschlagen zu lassen. Mein Schädel knallt dabei so stark auf den Untergrund, dass mir kurz schwarz vor Augen wird.

Werd nicht ohnmächtig! Lass ihn nicht gewinnen!

In einem letzten, aber wirkungsvollen Anlauf ramme ich meine Knie in seine Körpermitte wie schon in meinem Zimmer, was ihm die Farbe aus dem Gesicht treibt. Das Blut rutscht jetzt wahrscheinlich ganz woanders hin. Mit meinen freien Händen schiebe ich ihn zur Seite und rutsche auf dem Hintern einige Meter von ihm weg. Ich achte nicht auf ihn und darauf, ob mir noch Zeit bleibt, sondern versuche mit zitternden Fingern die Fessel, die mittlerweile über meinem Knöchel liegt, zu lösen. Der Knoten ist fest und ich habe Angst, meine letzten Sekunden auch noch zu verlieren. Mit einem kräftigen Ruck schaffe ich es endlich, meine Beine zu befreien, und springe, ohne mich nochmal umzudrehen, auf. Das Zimmer, in dem ich mich befinde, ist winzig, weswegen ich mit wenigen Schritten bei der zum Glück nicht abgeschlossenen Tür bin.

»Lauf und du wirst es bereuen«, höre ich den Zorn in meinem Rücken. Erwartet er wirklich, dass ich mich von seiner Drohung jetzt noch einschüchtern lasse? Ganz sicher nicht.

Hektisch stoße ich die Tür auf und renne, renne so schnell ich kann. Obwohl der Schmerz sich wie eine brutale Faust um meinen gesamten Körper legt, halte ich nicht an. Wenn ich es nur weit genug von hier weg schaffe, laufe ich vielleicht irgendwem in die Arme, der mir helfen kann. Jemand, der mich ins Krankenhaus bringt und vor allem weg von diesen Typen, weg von der Gewalt und weg von dieser grausamen letzten Nacht.

Mittlerweile ist es nicht mehr stockfinster draußen. Der Horizont färbt sich bereits in einem warmen Orange. Ich werfe einen schnellen Blick zur Seite, wodurch ich ein riesiges Haus erspähe, neben dem sich ein noch gewaltigerer See auftut, der in der Ferne zwischen Bäumen verschwindet. Wir sind mitten in einem Wald, was die Sache nur noch komplizierter macht. Als ich eine Tür zuknallen höre, stolpere ich fast vor Schreck über meine eigenen Füße, während ich mir den schmerzenden Unterleib halte. Ruckartig drehe ich den Kopf zurück in die Richtung, aus der ich gerade gekommen bin, und erblicke ein mickrig wirkendes Gartenhäuschen, neben dieser regelrechten Residenz. Von dort kam das Geräusch nicht. Die Tür steht immer noch offen, so wie ich sie gelassen habe. Daher fliegt mein Blick zum Hauptgebäude, wo gerade ein fassungsloser Typ in der geöffneten Eingangstür steht. Beim näheren Betrachten erkenne ich ihn wieder. Es ist einer von denen, die bei mir eingebrochen sind. Mehr als ein gebrülltes »HEY« von ihm höre ich allerdings nicht mehr, denn ich wende mich vom See, von diesem Palast, von der stickigen Bude ab und laufe blindlings über die Wiese auf den dichten äußeren Kranz des Waldes zu. Bevor ich allerdings den kleinen Sandweg hinein erreicht habe, hängt sich etwas in meine Haare, wodurch ich zurück auf den taufeuchten Rasen gerissen werde.

»Dumme Schlampe«, faucht mich der Drecksack an, den ich als Biertrinker wiedererkenne. Er hält immer noch den Großteil meines Haares fest, wodurch mein Kopf in der Luft hängt. In einer verkrüppelten Haltung lege ich meine Hände an seine, bevor mich ein unglaublich harter und unerwarteter Schlag gegen den Schädel trifft. Meine Augäpfel drehen sich dabei meinem Gefühl nach kurz nach oben, bevor ich wieder den Boden in meinem Rücken spüre.

Fuck, das hat gesessen!

»Ich hab's dir gesagt, Süße«, lacht mich nun wieder die Stimme aus, die vor ein paar Minuten sogar noch besorgt geklungen hat. Schwerfällig hebe ich den Blick. Über mir tut sich der heller werdende Himmel auf, bis sich die gewaltig wirkenden Körper der zwei Kerle davorschieben. Bevor ich auch nur einen Ton sagen kann, tritt mich jemand in die Seite, so stark, dass ich auf den Bauch rolle. Keine Ahnung, wo der Schmerz gerade am einnehmendsten ist, alles tut so furchtbar weh.

»Tztztz«, tadelt mich spöttisch der Biertrinker und zieht mich wieder erbarmungslos am Haar hoch. Mein Rücken drückt durch und noch ehe ich die Beine nach vorne stemmen kann, um zu knien, wird mein Gesicht um neunzig Grad nach rechts gedreht, durch die Kollision mit einer Schuhsohle. Hitze breitet sich an der Innenseite meiner Wange aus und dickflüssiges Blut läuft aus meinem Mund.

Wie kann man einem anderen Menschen, einem Lebewesen, nur so etwas antun?

Mühevoll halte ich die Augen zu kleinen Schlitzen offen und muss würgen, während immer mehr Wärme meine Schneidezähne herabtropft und ich husten muss. Sie werden mich nicht brechen! Ich werde nicht wieder das Bewusstsein verlieren!

»Sau dich doch nicht so ein, Schatz«, demütigt mich eine unglaublich verzerrte Stimme neben meinem Ohr. Stark blinzelnd versuche ich, wach zu bleiben. Ein Griff um meinen Kiefer, der mich zur Seite dreht, lässt noch mehr Blut meinen Rachen herablaufen. Einiges tropft auf die mich haltende Hand. Meine Haare werden endlich losgelassen. Dafür verstärkt sich der Druck in meinem Gesicht. Alles, was ich noch sehe, ist dieses tiefe Grau in den Augen meines Gegenübers. Es ist so dunkel und so finster, dass ich schlucken muss, wobei das auch am Blut in meinem Mund liegen könnte.

Wie kann ein Mensch zu solch einem Monster werden?

»Süß, wie du dich stark gefühlt hast«, grinst er, bevor er in meinen Nacken greift. Und er lacht, als ich mich immer wieder krümme, während sein

Freund meinen Magen nahezu massakriert. Und er lacht, als ich dem ausweichen will. Als roter Speichel auf seine Kleidung tropft, scheuert er mir eine.

»Wir wollen doch Spaß haben, Schatz.« Sein Blick hält meinen fest, als etwas definitiv zu Hartes meinen Brustkorb trifft und ich mir einbilde, ein Knacken zu hören. Und er lacht, als ich schreie. Bis ich aufhöre zu kämpfen. Leise stöhnend schließe ich die Augen und versuche das Pochen meiner Schläfen zu ignorieren. Versuche in eine Trance zu fallen, aber das lässt er nicht zu.

»Wer hat gesagt, dass wir hier fertig sind? Sieh mich an!«, brüllt er. Ich heule einmal gequält auf.

»Fick die Hure«, knurrt er plötzlich leise mit leicht nach oben gezogenen Mundwinkeln, während er meine Hände festhält. Panik überrollt mich, vor der ich am liebsten weglaufen will. Weg von hier, weg von ihnen. Weg von dem Geräusch einer aufratschenden Hose. Weg von dem nackten Gefühl zwischen meinen Schenkeln. Weg von dem Stoß in meinen Unterleib.

Gott, ich glaube, man hat mir noch nie so sehr wehgetan.

Das einzig Gute ist, dass der Schmerz langsam abebbt, weil ich langsam fortgespült werde, als würde ich im Wasser treiben.

»Wehrst dich ja nicht mal mehr, Liebes«, klebt

etwas unangenehm an meinem Ohr. Wieder schlägt mich eine flache Hand gegen die Wange.

»Bleib wach, Miststück!«

Das Vibrieren in meinem Kopf wird stärker. Es fühlt sich an, als würde mein Schädel auseinanderdriften. Wie Erdplatten, die brechen und wegtreiben.

»Sieh es dir an!«

»Du bist selbst schuld! Ihr scheißverfickten Frauen seid immer selbst schuld! Du hättest nicht weglaufen sollen, Scheißmiststück!« – Egal, wie alt ich werde, egal, ob ich das hier überhaupt überlebe, diese Worte des Biertrinkers fressen sich mir durch Mark und Bein, so dass ich sie nie, nie vergessen werde.

Ich muss mich übergeben, als dieses unangenehme und heftige Rucken wie eine Welle von meinem Schritt aus die Brust erreicht und sie nur weiter lachen. Kraftlos versuche ich meine Beine zu schließen, aber das hilft nicht.

»Schöne Fotze hast du da. Schon mal benutzt?«, beleidigt mich mein Vergewaltiger, als er fertig ist, meine entblößte Scham begutachtet und sich wieder anzieht. Meine Shorts hängen weiter in den Kniekehlen, als er mir einen spöttischen Klaps unterhalb des Bauchnabels verpasst.

Vor ein paar Stunden noch habe mich nicht mal getraut, in unserem eigenen Pool den Bikini wegzulassen. Jetzt haben sich zwei Männer an mir vergangen und ja, nicht einer, sondern zwei. Denn auch, wenn nur einer seinen Schwanz in mich gestoßen hat, haben sie mich gemeinsam vergewaltigt. Sie haben mich beide bis zur Besinnungslosigkeit gedemütigt. Sie haben mich beide missbraucht, ganz gleich, wer mich letztendlich meiner Unschuld beraubt hat.

Ein Arm schlingt sich um meine Taille. Als ich hochgehoben werde, läuft meine blutige Kotze die Seite herab. Den Gefallen, mich wenigstens wieder halbwegs zu bedecken, tun sie mir nicht und ich muss zugeben, dass ich im Moment mehr mit meiner Atmung als damit zu kämpfen habe. Das Blut in meinem Mund wird einnehmender. Ich muss viel ausspucken. Einiges rinnt in meine Haare oder die Ohren, wodurch sich das ohnehin schon gewaltige Rauschen verstärkt. Wie an einem Strand. Bis mich die Flut überrollt.

Vier

Ein Rütteln an meinen Schultern reißt mich aus meiner Bewusstlosigkeit. Ich will nicht zu mir kommen. Warum haben sie es nicht beendet? Ich bin mir sicher, dass nicht mehr viel gefehlt hat. Mehr als sicher.

»Komm schon, ich merk doch, dass du wach bist«, murmelt eine mir bekannte Stimme nah an meinem Gesicht. Das fühlt sich noch schlimmer an als letztes Mal. Als hätte man es in Gips gegossen. Noch habe ich mich nicht gerührt, daher kann ich die auf mich zukommenden Schmerzen in den Gliedern nur erahnen. Selbst die Augen zu öffnen, tut weh. Meine Lider brennen, doch ich zwinge mich ruhig zu bleiben. Diesmal liege ich nicht in dem Gartenhäuschen, sondern auf einer Couch. Eindeutig bequemer als dieses mickrige Bett und man hat es nicht für nötig befunden, mich zu fesseln. Sie wussten, dass ich nicht in der Lage sein würde, wegzulaufen. Nicht nach dem, was sie mir angetan haben. In meiner Brust sticht es, was die vage Erinnerung des Hiebes in meine Rippen hervorruft. Mein Atem, der unkontrolliert schneller wird, verschlimmert den Schmerz nochmal erheblich, doch es fällt mir so schwer, mich zu beruhigen.

Die Lehne der Couch ist sehr hoch und auf der anderen Seite kniet der schwarzhaarige Typ. Meine Sicht ist zunächst verschwommen, aber es reicht, um ihn zu erkennen.

»Du musst etwas schlucken«, informiert er mich, was mich überrascht. Sein Ton ist nüchtern, fast schon neutral. Kein Stück Reue, als wäre nichts passiert. Hustend hebe ich meinen Arm, um mir über den Mund zu wischen. Getrocknetes Blut reibt über meine Fingerkuppen.

»Hab versucht dich sauber zu machen, aber wollte dir nicht wehtun.« Trocken lache ich auf, halte aber sofort inne, weil das einem Messerstich in meine Rippen gleicht. Eine zähe Flüssigkeit sammelt sich in meinem Rachen an, die mich zum Husten bringt, obwohl auch das die reinste Qual ist. Sie läuft meinen einen Mundwinkel herab. Schmerzverzerrt beiße ich mir auf die Lippe, in der Hoffnung, dass mich das von meinem Brustkorb ablenkt.

»Komm schon, dann hast du es hinter dir«, murmelt er plötzlich, diese kleine Szenerie ignorierend, und setzt mich vorsichtig auf. Jegliche Rücksichtslosigkeit und Brutalität scheint er auf einmal vor mir zu verstecken.

Fast könnte man meinen, dass er vielleicht gar

kein so übler Typ ist. Aber genau das ist er, was mir schmerzlich bewusst wird, wenn ich daran denke, wie er gelächelt hat, als er mich quälte.

Das war nicht mehr menschlich.

»Kannst du dich selbst halten?«, fragt er verunsichert. Das ist sein erstes Mal. Das hat er noch nie gemacht. Die Schläge, die Tritte, die Vergewaltigung, das hat er ohne mit der Wimper zu zucken durchgezogen. Das scheint er zu kennen. Aber mein Zustand scheint ihn doch zu beeinflussen, auch wenn er das vor mir zu verstecken versucht. Das *Danach* hat er wohl noch nicht miterlebt.

Ich will nicht abhängig von ihm sein, weswegen ich meine Hände hinter mir aufstützen möchte, aber als ich die Schultern nach hinten drücke, spüre ich wieder den Stich in meiner Brust. Meine Ellbogen knicken ein, er reagiert sofort. Ein genervtes Stöhnen kann er sich nicht verkneifen, aber er sagt nichts, sondern dreht mich sachte, so dass ich mich anlehnen kann. Luft einsaugend schließe ich die Augen und versuche mich auf das Zischen und leichte Prickeln einer sich öffnenden Flasche zu konzentrieren. Wer weiß, was er jetzt vorhat? Er meinte, ich müsse etwas schlucken. Die Neugier siegt, weswegen ich die Augen wieder öffne, um zu sehen, was jetzt mit mir geschehen wird. Stumm beobachte ich ihn, während er den Deckel der Wasserflasche auf den Boden fallen lässt. Er versperrt mir immer noch die Sicht auf die Umgebung und zwingt mich damit, ihn anzusehen.

»Was ist das?«, frage ich leise, den Blick auf die kleine weiße Perle in seiner Hand gerichtet.

»Damit du nicht schwanger wirst.«

Mir fällt nichts ein, was ich erwidern könnte.

Ziemlich ungeschickt steckt er mir das Ding in den Mund, um dann meine Stirn nach hinten zu schieben und das Wasser hinterher zu schütten. Mein Rachen tut weh, der Mund brennt. Ich kann mir nicht vorstellen, jemals wieder etwas zu essen. Aber der Durst treibt mich dazu, seine Hände an der Flasche festzuhalten, damit er nicht absetzt. Als ich fertig bin, setzt er den Deckel wieder rauf und dreht sich von mir weg. Damit erlaubt er mir einen kurzen Blick auf den Raum, in dem wir uns befinden. Sieht aus wie ein Wohnzimmer. Groß, lichtdurchflutet und sauber. Dunkle Möbel mit cremefarbenen Akzenten. Schön hier, wenn ich nicht gerade entführt worden wäre. Eine gläserne Fassade mit Aussicht auf den See flimmert noch an meinem Blickrand, bevor er wieder zu mir kommt und mich hinlegt. Als wäre es das jetzt gewesen, als hätte er seinen Job getan, verschwindet er aus meiner Sicht. Da ist wieder dieses entfernte Geräusch einer angezündeten Kippe.

Will der mich verarschen?

Bleib ruhig! Es bringt doch eh nichts.

»Wie heißt du?«, fragt er plötzlich wie aus dem Nichts. Ich überlege, ihn anzulügen, aber was würde mir das bringen?

»Caja.« Caja ist ein schöner Name. Zwei Silben, nicht einfallslos. Das C macht es besonders, das J klingt schön. Er wiederholt mich, doch vermischt mit ersterbendem, kaltem Rauch hört es sich ganz anders an. Eher wie der Name, den man von einem zugesteckten Zettel in einem Nachtclub abliest. Der Name über einer Nummer. Über einem feuchten Lippenabdruck. Der Name über Freiwilligkeit.

Zwischen meinem wunden Gesicht und dem schmerzenden Oberkörper macht sich ein Druck unterhalb des Bauchnabels breit. Nicht so einnehmend oder aufdringlich, aber durchaus erwähnenswert.

»Kann ich mal auf die Toilette?«, werfe ich in den Raum und hoffe, ihn damit nicht zu provozieren. Er lässt sich vom Zorn schnell führen, was ich nicht erneut heraufbeschwören möchte.

»Wenn's sein muss«, antwortet er und kommt zu mir. Als er sich herabbeugt, weiche ich etwas zurück, woraufhin er die dunklen Augenbrauen nach oben zieht.

»Willst du laufen, oder wie?«

Beschämt senke ich den Blick, während er mich hochhebt. Es geht in einen breiten und hell gestrichenen Flur, bis er mit dem Ellenbogen die Tür in ein geräumiges Bad öffnet.

»Ruf mich dann«, murmelt er und setzt mich im Türrahmen ab. Mit meinem ersten Schritt nach vorne spüre ich, warum alleine laufen keine so besonders gute Idee ist. Meine Beine, einschließlich der Oberschenkel, schmerzen und ich muss an der Wand rechts von mir nach Halt suchen. Er steht anscheinend noch neben mir, denn seine Hände bewahren mich vor dem Fall, den ich nicht mehr hätte verhindern können. Mit Leichtigkeit hebt er mich zur Toilette, die am anderen Ende des Bades ist. Wortlos lässt er mich los, bevor er die Tür hinter sich schließend den Raum verlässt. Ich muss mich leicht vorbeugen, um den Deckel anzuheben. Die Erinnerung an den Tritt in meine Seite kehrt zurück, als sich diese schmerzhaft zusammenzieht. Ein dunkelblauer Kranz versteckt sich unter meinem Shirt, das ich hochziehe. Der Anblick treibt mir die Tränen in die Augen. Mit leicht wankenden Beinen öffne ich meine Hose, ziehe die Nase hoch und setze mich mehr fallend auf die Brille. Selbst das tut weh.

Zwischen meinen Schenkeln offenbaren sich dunkle Flecken. Die Hände lege ich auf meinen Mund, um ein Schluchzen zu verstecken. Sogar beim Pinkeln spüre ich ihre Demütigungen. Während ich mich sauber mache, stehlen sich weitere

Tränen über das krustige Blut in meinem Gesicht, um sich dann in meinem Oberteil festzusaugen. Wenn das fetzende Fleisch meiner inneren Wangen nicht so wehtun würde, hätte ich jetzt die Zähne beim Aufstehen zusammengebissen. Der Schwindel, der sich in meinem Kopf ausbreitet, als ich in winzigen Schritten zum Waschbecken laufe, ist pulsierend. Meine Finger zittern, während das Wasser über sie läuft. Obwohl ich nichts Schönes erwarten kann, blicke ich in den Spiegel. Meine Lippen sind gesprungen und das Kinn blutig. Das eine Jochbein ist geschwollen. Als ich den Blick senke, tropft rote Spucke ins Waschbecken.

Alles wirkt hier sehr gepflegt und ich werfe einen Blick auf die geschlossene Tür. Lohnt es sich, im Hängeschrank nach einem Telefon oder etwas anderem zu suchen? Ist zwar ziemlich unwahrscheinlich, aber einen Versuch ist es wert. Doch in den Fächern finden sich nur Drogerieprodukte für Männer und Handtücher.

»Bist du fertig?«, schallt es plötzlich vor der Tür und als ich vor Schreck zusammenzucke, stoße ich mit der Stirn gegen die untere Kante des Spiegels am Schrank. Das bringt mein ohnehin schon angekratztes Bewusstsein erheblich zum Wackeln.

»Ja«, zwinge ich mich zu antworten und stütze mich auf dem Waschbeckenrand ab. Die Türklinke verursacht ein leises Geräusch, auf das ich mich zu konzentrieren versuche, anstatt auf das Dröhnen in meinen Ohren. Ein Arm legt sich in meinen Rücken, der andere in meine Kniekehlen.

»Blutest du?«, fragt er. Mein Blick schnellt zu ihm hoch. Meint er das, was ich denke? Fragt er mich das gerade ernsthaft? Weil sein Freund mich gefickt hat?

»Nein.«

Knapp nickt er, bevor er mich ins Wohnzimmer trägt, wo er plötzlich stehen bleibt und sein Blick etwas fixiert. Ich mustere ihn, wie sein Kiefer sich anspannt und seine Augen einen seltsamen Ausdruck annehmen. Dann folge ich seinem Blick und sehe zwei Typen auf der Couch sitzen. Die Beine überschlagen, die Hände im Nacken verschränkt. Als hätte man sich zum Fußballschauen oder Baden verabredet.

»Was macht ihr hier?«, fragt er und sein Griff an meinem Knie wird stärker, als er mich zucken spürt.

»Meine Süße wiedersehen«, feixt der Biertrinker, was mich dummerweise nervös quieken lässt. Natürlich fällt ihnen nichts anderes ein, als zu lachen.

»Und dich natürlich besuchen. Hast dir das Miststück ja nicht alleine eingehandelt«, verbessert der andere Typ, der der Dritte vom Tag meiner Entführung sein könnte.

»Besuch kündigt sich für gewöhnlich vorher an«,

antwortet der, in dessen Armen ich immer noch liege, verbissen. Es passt ihm offenbar nicht, dass seine Freunde da sind.

»Wir wollen dir doch nur helfen, Mann.« Die Spannung in der Luft ist nahezu greifbar, was mich zum Schlucken bringt.

»Na schön«, murmelt er plötzlich betont kühl. Vor Angst spanne ich all meine Muskeln an, als er schnellen Schrittes auf die Kerle zuläuft und mich absetzen will.

»Bitte nicht!«, schnappe ich hysterisch nach Luft und halte mich an seinem Arm fest. Doch er schenkt mir kein Verständnis, sondern starrt mich einfach nur auffordernd an, weswegen ich meine Umklammerung von ihm löse. Ein Arm schlingt sich von hinten um meine Taille, was mich laut aufkeuchen lässt. Unsanft zieht mich einer der Mistkerle auf seinen Schoß.

»Rühr mich nicht an!«, heule ich auf. Ein stummer Schrei entweicht meinen Lippen, als eine Pranke in meinen Nacken greift und meinen Oberkörper runterzieht. An der Stirn werde ich in einen weiteren Schoß gepresst. Bevor ich kreischen kann, rammt sich ein Ellbogen in meine Magenkuhle und ich schnappe erschrocken nach Luft.

»Ihr habt sie in meiner Abwesenheit ja ganz schön hässlich gemacht«, lacht jemand weit entfernt von mir. Es verbreitet sich wie ein grauenhaftes Echo.

»Bitte«, flehe ich in einem letzten Versuch, mich aufzusetzen, aber eine Hand presst sich auf meine Kehle, wodurch mir die Luftröhre abgedrückt wird. Ein widerliches Röcheln kratzt in meinem Rachen. Panisch haue ich meine Fingernägel in die Hände an meinem Hals.

Irgendwo tropft Wasser auf Stoff. Ich höre es perlen. Das Stöhnen der Wellen klingelt wieder in meinen Ohren. Resignierend schließe ich die Augen.

»Macht sie mir nicht kaputt«, dringt es gerade noch durch. Schlagartig ist mein Luftweg wieder frei. Hustend drehe ich mich zur Seite, um nach Luft zu schnappen.

»Ich glaube, wir müssen uns mal unterhalten, Casper.«

Casper. Er heißt Casper.

»Sicher. Ich kümmer mich nur schnell um sie«, fließt seine Stimme zu mir herab. Als er mich wieder hochhebt, fällt mein Kopf in den Nacken.

»Pass auf, dass sie dich nicht ansabbert«, grölt es von der Seite. Tränen rollen über meine Stirn in den Schopf. Um mich herum wackelt es gewaltig. Da ich die Augen zu habe, kann ich nur erahnen, dass es eine Treppe rauf geht, bis ich auf etwas Weiches gelegt werde.

»Kotz es voll und du wirst dich selbst dafür hassen«, knurrt er, Casper, während meine Arme über dem Kopf an Bettpfosten gefesselt werden.

»Ich gehe davon aus, eine Fußfessel ist unnötig?«, fragt er.

Eine Antwort schenke ich ihm nicht.

»Stirb nicht.«

Fünf

Der Tag, an dem er Erik kennenlernte, war der Tag, der ihn zumindest für ein paar Jahre retten konnte. Für nicht mal eine Woche später war der Termin angesetzt, an dem er in eine Klinik eingewiesen werden sollte, doch dazu würde es nie kommen, weil er einen wirklich wahren Freund fand, bevor es so weit war.

Eriks Familie zog in das Nachbarhaus, ebenfalls ein ziemlich teures, schickes Anwesen, da Eriks Stiefvater durch ein großes Erbe, das nicht nur viel Geld, sondern auch eine Hotelkette seines Vaters beinhaltete, seit Kurzem gut betucht war. Eriks leiblicher Vater hatte sich kurz nach der Geburt seiner zwei Jahre jüngeren Schwester von seiner Mutter getrennt und es dauerte nicht lange, bis sie ihren neuen Mann kennenlernte. Der verstand sich prächtig mit seinen angeheirateten Kindern, was ihr kleiner, gebrochener Nachbarsjunge nur zu oft heimlich und auch ziemlich neidisch von seinem Zimmerfenster aus beobachtete, wenn die neue Familie in der Straße im Garten Ball spielte oder im Pool baden ging.

Obwohl es ihn eifersüchtig machte, spürte er etwas, dass er seit dem Tod seiner Mutter nicht mehr *empfunden hatte: Er war neugierig auf diesen Jungen und seine Schwester, die so fröhlich und ausgelassen miteinander tobten. Er wollte mitspielen. Immerhin war er trotz des Schmerzes, der ihn tagtäglich begleitete, immer noch ein gerade mal sechsjähriger Junge.*

Die Überwindung, die er aufbringen musste, um das, was er sich in den Kopf gesetzt hatte, durchzusetzen, war riesengroß. Nervös tigerte er in seinem eigenen Garten umher, der nur durch eine Hecke und einen Zaun vom Nachbargrundstück abgegrenzt wurde. Er hörte sie spielen und lachen und wenn er ganz nah ran ging, konnte er durch das dichte Grün sehen, dass nur die beiden Geschwister draußen waren und die Sonne genossen. Gerade als er es aufgeben hatte und wieder ins Haus gehen wollte, flog etwas Rotes im hohen Bogen über den Zaun und landete direkt vor seinen Füßen. Erstaunt hob er den kleinen Ball auf, betrachtete ihn und sah Richtung Hecke, der er sich nun erneut näherte.

»Na toll, Livi, hast du klasse gemacht!«

»Ist doch nicht meine schuld, wenn du den blöden Ball nicht fängst.«

»Du kannst nicht werfen!«

»Gar nicht wahr!«

»Jetzt hol ihn schon wieder. Sonst sag ich's Mami.«

»Wie soll ich das denn machen?«

»Kletter über den Zaun, was weiß ich?«

»Der ist doch viel zu hoch!«

»Du fängst jetzt aber nicht an zu heulen, Liv. Du olle Heulsuse.«

Der Junge hatte genug gehört. Jetzt war es an ihm, sich zu melden.

»He! Ich hab euren Ball«, rief er und räusperte sich. Oft sprach er nicht, das hörte man ihm an.

Kurz war es still. »Kannst du ihn rüber werfen?«, fragte das kleine Mädchen schüchtern.

»Kann ich ihn auch rüber bringen?«, fragte er. Sein Herz klopfte bis zum Hals, so aufgeregt war er.

Ein leises Murmeln war zu hören.

»Klar. Wir machen dir vorne auf.«

So schnell er konnte, rannte er durchs Haus zur Tür, verließ sein Grundstück und hastete nach nebenan. Einen Moment musste er warten, bis ihm geöffnet wurde.

Das Geschwisterpaar musterte ihn zunächst skeptisch, doch dann schenkte ihm das Mädchen ein kleines Lächeln.

»Warum spielst du nicht draußen? Wir haben dich noch nie gesehen«, stellte sie fest.

Der Junge schabte schulterzuckend mit seinen Turnschuhen über den Boden.

»Alleine spielen ist doof«, gab er vor.

Der große Bruder, der in seinem Alter sein musste, schien ihn immer noch stumm einzuschätzen. Seine Schwester stellte sich auf die Zehenspitzen und flüsterte ihm was ins Ohr.

»Frag du ihn doch!«, brummte er.

Die Kleine zuckte lässig mit den Schultern. »Na gut. Willst du mit uns spielen?«, fragte sie, sichtlich stolz, dass sie sich das getraut hatte.

»Gerne«, antwortete er, seine Freude nun nicht mehr versuchend zu verstecken.

»Wie heißt du?«

»Casper.«

»Komm rein. Mami und Papi sind nicht da, aber das geht bestimmt in Ordnung. Ich bin Liv und das ist Erik.«

Sie hatten eine schöne Zeit. Bis Liv zehn und die beiden Jungen zwölf waren, hatten sie eine fantastische Zeit zusammen. Casper konnte seinen Vater sogar überzeugen, dass er nicht in die Einrichtung musste, der ihm diese letzte Chance gab, weil er sah, wie sein kleiner Junge aufblühte, wenn er denn mal zu Hause war.

Doch als Liv zehn war, veränderte sich ihr Stiefvater. Er setzte sein Geld auf falsche Investitionen und verlor viel. Vor allem sich selbst. Seinen Frust ertränkte er in Alkohol und dubiosen Tabletten, doch irgendwann reichte das nicht mehr, um vom Alltag zu fliehen.

Irgendwann begann er, nachts heimlich in Livis Zimmer zu schleichen.

Dadurch veränderte sich auch Livi. Aus dem

fröhlichen Mädchen wurde schnell ein trauriges, zurückgezogenes Kind, ganz ähnlich wie Casper es war, bevor er sich nochmal aufgerappelt hatte. Nur, dass Livi niemandem wehtat, weil sie selbst genau wusste, wie schlimm es war, wenn einem wehgetan wurde.

Erik und Casper bekamen zunächst nicht mit, was dem Mädchen Nacht für Nacht angetan wurde. Doch als sie es bemerkten, veränderte das auch Erik.

Er verstand nicht, wieso sein Stiefvater, den er schon als seinen richtigen Vater ansah, so etwas tat. Und noch viel weniger verstand er, wieso seine Mutter die Augen davor verschloss. Doch am allerwenigsten verstand er, warum Livi mit ihm und Casper nicht zur Polizei gehen wollte. Dass sie Angst hatte, damit alles nur noch schlimmer zu machen, konnte er einfach nicht begreifen.

Und weil er all das nicht verstand und offensichtlich vollkommen außerstande war, seiner kleinen Schwester zu helfen, begann er, sich dafür die Schuld zu geben.

Casper versuchte ihm das auszureden, doch sein bester Freund verschloss seine Ohren davor.

In Erik begann sich ein solch gewaltiger Hass aufzubauen, dass Casper es mit der Angst zu tun bekam, weil er wusste, wie gefährlich es war, so sehr zu hassen.

Als die beiden dreizehn Jahre alt waren, wurde ihm klar, dass seine Angst berechtigt war. Erik wurde *nicht gewalttätig, zumindest noch nicht, denn er focht den Kampf in seinem Inneren nicht mit anderen, sondern mit sich selbst aus.*

Er begann zu trinken.

Casper erwischte ihn eines Tages, als er von der Schule kam. Erik hatte gefehlt, obwohl er sonst nie fehlte, ohne seinem Freund Bescheid zu geben, der mit ihm nun seit vier Jahren nach einer langen Diskussion mit seinem Vater zusammen eine Privatschule besuchen durfte, anstatt Zuhause unterrichtet zu werden.

Livi machte Casper die Tür auf. Sie sah etwas kränklich aus, aber sonst in Ordnung und ihr Stiefvater war nicht zu Hause, weswegen Casper sich nur kurz mit ihr unterhielt, bevor er Erik in seinem Zimmer fand. Sturzbetrunken, am Boden liegend mit einer riesigen Beule auf der Stirn.

Im ersten Augenblick blieb Casper das Herz stehen, weil er dachte, dass Eriks Vater seinen Frust nun auch an seinem Sohn ausließ. Es war schon schrecklich genug, Livi nicht helfen zu können. Wie schlimm wäre es, wenn er nun auch zusehen musste, wie sein bester Freund ihm zum Opfer fiel.

Aber so war es nicht. Erik hatte den Boden unter den Füßen verloren, sinnbildlich sowie physisch, und war gestürzt. Obwohl er sicher eine Gehirnerschütterung und sehr viel Alkohol im Blut hatte, rappelte er sich auf und leugnete, was offensichtlich war.

Dann schrie er und schlug um sich, als Casper ihn zu seinem Bett stützen wollte.

Und dann weinte er.

Er weinte so bitterlich, dass Casper nichts tun konnte, außer ihm den Arm um die Schulter zu legen und es geschehen zu lassen. Ihm sagen, dass es besser werden würde, konnte er nicht, weil er selbst große Zweifel daran hegte, aber er konnte Erik zeigen, dass er bei ihm war, wenn es genau so furchtbar blieb.

Nach dieser Nacht schworen Erik und Casper sich gegenseitig, dass sie nie wieder einen Tropfen Alkohol zu sich nehmen würden. Ein Schwur, den sie nicht halten würden, aber zu diesem Zeitpunkt waren sie entschlossen. Erik kam zwar immer mal wieder in Versuchung, aber Liv und Casper konnten ihn davon abhalten.

Irgendwie schafften die drei Kinder es, sich gegenseitig zu stützen, wie in einem Kartenhaus, und sie wussten, dass wenn einer von ihnen einmal fort sein würde, alles in sich zusammenbrechen würde.

Sechs

Es war so schön, zu schlafen. Weg von der Realität, weg von allem. Wie eine Ertrinkende versuche ich mich an meinem traumlosen Schlaf festzuhalten, als mich jemand zurück in die Wirklichkeit zerrt. Aber es hilft ja alles nichts. Mir wird zunehmend unsanfter gegen die Wange getätschelt, was mich nun doch endgültig aufweckt. Ein süßer, feuchter Geschmack breitet sich in meinem Mund aus und hätte ich nicht Angst vor Casper, würde ich es ausspucken, das Blut. So öffne ich nur die Augen und sehe ihm dabei zu, wie er meine Arme von den Bettpfosten löst, um sie dann vor meinem Bauch zusammenzubinden. Ohne meinen Blick von ihm abzuwenden, beobachte ich das Geschehen. So geschäftig, wie er ist, so konzentriert ist er auch. Darauf bedacht, mich nicht anzusehen. Was auch immer jetzt geschieht – er scheint nicht besonders scharf darauf zu sein, was mich zugegebenermaßen verwundert.

»Du solltest etwas anderes anziehen, bevor wir wieder runtergehen. Die vögeln dich sonst gleich nochmal«, informiert er mich und hebt mich hoch.

Er wird mir jetzt aber keine Klamotten von sich geben, oder?

»Keine Angst, musst keine Männerklamotten tragen«, versichert er mir. Er trägt mich aus dem Zimmer, was ich nicht lange genug gesehen habe, um es einzuschätzen zu können. Nur das große Bett und die dunkel gehaltenen Wände sind mir aufgefallen, denn schon sind wir draußen auf dem Flur.

»Musst du nochmal wohin?« Lustig, wie er mich schlagen, vergewaltigen lassen, bluten sehen konnte, aber nicht ordentlich fragen kann, ob ich aufs Klo muss. Den Blick auf meine Knie gerichtet schüttele ich den Kopf und stelle überrascht fest, dass die Beine abgesehen von den Schenkelinnenseiten verschont geblieben sind. Hier und da ein paar Schürfungen, aber sonst nichts. Casper bringt mich in ein weiteres Schlafzimmer. Die Wände sind in einem hellen Creme gestrichen, das den kleinen Andeutungen im Wohnzimmer ähnelt. Man merkt schnell, dass es sich hierbei wohl um das Schlafzimmer seiner Eltern handelt. Denn außer einem großen Ehebett und einer Schrankwand steht hier nichts weiter rum. Mal abgesehen von den hellen Teppichen rechts und links des Bettes und den leichten, durch die Länge dennoch gewaltigen Vorhängen an der hellen Fensterfront. Wieder mal ein Blick über den See. Wie schön es sein könnte, wenn nicht …

Casper setzt mich auf die Matratze und tritt an den

Schrank. Bestimmt zieht er eine schmal geschnittene Stoffhose aus einer Schublade und ein schlichtes, aber durchaus teuer wirkendes Oberteil. Wohl immer noch das billigste, was er finden konnte. Ist nicht so, dass ich von so was keine Ahnung habe. Standard in meiner Familie, sich gegenseitig die Welt zu kaufen. Er drückt mir beides in die Hände und mustert mich.

»Glaub ja nicht, dass du Unterwäsche oder so was bekommst«, zischt er ziemlich zickig, doch ich halte seinen grauen Augen stand. Was ich von ihm erwarte, sollte eigentlich selbstverständlich sein, aber es sollte ebenso selbstverständlich sein, andere Menschen nicht zu verprügeln und zu missbrauchen. Vielleicht braucht er daher einen Moment, um zu verstehen. Amüsiert stellt er sich gegen die Tür gelehnt in den Rahmen und grinst mich spöttisch an.

»Ist ja nicht so, dass ich dich schon nackt gesehen habe, Schätzchen, aber selbst in Unterwäsche hast du vergleichsweise viel an zu gestern.« Seine Worte und die darin liegende Belustigung schneiden ein wie eine Ohrfeige. Ich drücke meine Fingernägel in die Handballen. Genervt stöhnt er auf, als ich mich immer noch nicht rühre, kommt mit starken Schritten zu mir und hockt sich vor mich.

»Trittst du mich, trete ich zurück. Und du weißt, dass du das nicht willst«, warnt er mich, bevor er meine Hose öffnet. Ruckartig zieht er sie herab und ich verfluche mich für das kleine Wimmern, das mir entflieht, weil die Hämatome zwischen meinen Oberschenkeln etwas abbekommen.

»Selbst schuld«, grummelt er und hilft mir in die Hose.

Die Worte des Biertrinkers schleichen sich zurück in meine Gedanken.

Du bist selbst schuld! Ihr scheißverfickten Frauen seid immer selbst schuld!

Unten ist der Stoff der Hose etwas lang und der Bund zu weit, aber sonst passt sie ganz gut. Ich protestiere nicht, als er mir das Shirt über den Kopf zieht und das frische es ersetzt. Ohne ein weiteres Wort hebt er mich wieder hoch und trägt mich hinaus. Die Treppe dreht sich in breiten Schnörkeln ins Wohnzimmer.

Ich sehe sie schon von der ersten Stufe aus. Wie sie immer noch auf dem Sofa sitzen und irgendwas trinken. Wie sie sich unterhalten und lachen. Das alles führt dazu, dass ich wieder die Schreie höre. Das Gebrülle, das Dröhnen meines Schädels. Sie werden nicht mal leiser, als wir vor ihnen stehen und Casper mich auf einen großen Sessel herablässt. Wenigstens lädt er mich diesmal nicht bei diesen Wichsern ab. Die schenken mir nicht mal einen Blick. Ich habe kurz Zeit, mich umzusehen. Hinter der Couchlandschaft ist der Ausgang zur Terrasse und abgesehen von ein paar alltäglichen Möbelstücken finde ich nichts Spannendes. Zu meiner Linken liegt eine offene Küche mit kleiner Insel und Barhockern. Casper wendet uns den Rücken zu. Ich höre das Fließen einer Flüssigkeit. Dann dreht er sich um und kommt zu mir. Sobald er mir eine Wasserflasche in die Hand drückt, verstummen seine Freunde.

»Nichts Härteres für die Kleine da?«, feixt einer, während ich in kleinen Schlucken trinke. Meine Kehle tut weh. Ihr Würgen von vor ein paar Stunden spüre ich jetzt noch.

»Wie heißt du?«

Nein, ganz sicher nicht. Antworten werde ich ihm bestimmt nicht.

Stumm trinke ich weiter und bekomme gar nicht mit, wie schnell der Drecksack bei mir ist und die Flasche wegschlägt. Erschrocken keuche ich auf und huste mehrmals, weil ich mich verschluckt habe. Warmes Blut läuft mir über die Lippen und ich halte beide Hände unters Kinn, um die Sachen nicht einzusauen.

»Musste das sein?«, brummt Casper. Genervt wischt er mir kurz darauf das Zeug aus dem Gesicht und anschließend die Finger ab.

»Sie soll gefälligst antworten, wenn man sie was fragt«, antwortet ihm sein Freund, der schon wieder auf der Couch sitzt.

»Scheißwichser«, fluche ich leise.

»Schöner Name, passt zu dir, kleine Hure.« Wütend sehe ich auf, weitere Beleidigungen auf der Zunge, doch ich erinnere mich an die Konsequenzen, die noch ein Spruch mit sich bringen wird, weswegen ich die Klappe halte. Casper hat sich einen Hocker rangezogen und sitzt nun vielleicht einen halben Meter neben mir.

»Sie heißt Caja«, informiert Casper seine Freunde.

»Was machen wir denn jetzt mit dir?«, säuselt der Biertrinker und grinst mich an. Widerlich, wie sie mich damit auf die Folter spannen wollen. Als hätten sie sich nicht genau darüber gerade eben unterhalten.

Mein Hass gegen sie wächst und wächst.

»Lass uns doch ein bisschen Spaß haben«, schlägt der mir am wenigsten bekannte Typ vor, weil ich nichts sage, und wackelt mit den Augenbrauen. Ich muss einen starken Würgereiz unterdrücken. Mein Vergewaltiger lacht nochmal laut auf und hält dann meinen Blick fest. Seine Augen sind hell, sonst bestimmt sehr schön. Doch er hat mit ihnen schon mehr gesehen, als er unter normalen Umständen je hätte sehen dürfen.

»Lauf. Du kannst gehen.« Erst mustere ich ihn skeptisch, bevor mein Blick zu Casper schnellt.

»Aber wenn wir dich einholen, würde ich alles darum geben, nicht du zu sein.«

Ich will nicht. Ich will das nicht. Ich kann kaum laufen, nicht mal gerade stehen. Sie werden mich so oder so finden, sie werden sich wieder an mir auslassen. Sie wissen, dass ich keine Chance habe und das macht sie heiß.

»Ich will nicht«, jammere ich leise. Lieber bleibe ich jetzt hier und hoffe, dass ich irgendwann alleine gelassen werde, als dass sie einen Grund haben, mich wieder zu verprügeln.

»Zehn.« Erst verstehe ich nicht, aber Casper schenkt mir einen ziemlich deutlichen Blick und spätestens, als sein Freund »Neun« sagt, weiß ich Bescheid. Ich hab doch nicht mal eine Ahnung, wie ich hier rauskomme. Der einzige Ausweg ist über die Tür in der Fensterfront Richtung See. Ächzend stehe ich auf, den grausamen Countdown im Nacken und schleppe mich erstaunlich schnell nach draußen. Das Adrenalin rauscht durch meine Ohren, während meine Brust rasselt. Das Holz der Terrasse ist ebenmäßig und immerhin nicht glatt. Panisch sehe ich mich um. Rechts und links müsste ich über ein Geländer klettern und ich weiß nicht, ob ich das schaffe. Die laute »Fünf« zwingt mich zu handeln. Mühsam humpele ich vorwärts. Eine kleine Leiter führt direkt ins Wasser, wo sie in der Tiefe verschwindet. Ich könnte ertrinken. Meine körperliche Lage macht das nicht gerade unwahrscheinlich und so stehe ich unschlüssig da. Hinter mir ertönen Schritte.

Es ist so weit.

»Bist ja nicht besonders weit gekommen«, grollt es dunkel in meinem Rücken. Langsam drehe ich mich um.

Es ist nur er. Der Biertrinker. Eindeutig, er wird mich umbringen. Vielleicht ertränkt er mich, vielleicht schlägt er meinen Kopf solange auf die Kante an der Leiter, bis mein Schädel bricht. Bis das Wasser erzittert unter der roten Suppe. Ich bleibe stocksteif stehen, als er auf mich zuschlendert. Mit Druck schiebt er mich von der Leiter weg und hält meine Oberarme fest.

»Wir wollen ja nicht, dass dir was passiert«, haucht er lächelnd.

»Fickst du mich jetzt wieder?«, frage ich nüchtern, was mich selbst überrascht. Er blinzelt mehrmals.

»Noch nicht.«

Stimmt, erst platzt die Wunde in meinem Mund wieder auf, als seine flache Hand mit ihr kollidiert. Wie Farbpatronen, wie Badeperlen. Ich lande auf der Erde und versuche mich halbwegs mit den Händen aufzustützen, während sich das dunkle Holz mit meinem Speichel vollsaugt.

»Eigentlich will ich dir ja gar nicht wehtun«, sagt er, bevor er mich auf den Rücken dreht. Ein Stöhnen entweicht mir, als er sich auf meinen Bauch kniet. Ich weiß genau, was jetzt kommt. Die mir bekannten Schläge auf den Boden.

»Wehe, du wirst ohnmächtig«, faucht er mich an,

lässt wieder ab, als er merkt, wie ich anfange abzudriften. Wenn ich das nächste Mal erwache, will ich nicht wieder eine Pille schlucken. Der Gedanke bereitet mir eine Angst, die sich bis in die Knochen schleicht, weswegen ich heftig blinzele, um nicht ohnmächtig zu werden. Er soll nicht noch wütender werden. Stattdessen nimmt er mein Gesicht in beide Hände und drückt gegen meine Schläfen, womit er alles nur noch schlimmer macht.

»Du weißt auch nicht mehr, was du tust«, keuche ich und verfluche mich, für die Bemerkung, denn der Druck an meiner Körpermitte löst sich und etwas packt knurrend meinen Knöchel. Ich schleife über den Boden und bevor ich auf der Wasseroberfläche aufkomme, wünsche ich mir nur noch, dass ich nicht mehr auftauchen werde.

Sieben

Alles fühlt sich so leicht an, so unbeschwert. Selbst das Wasser, jeder einzelne Tropfen scheint mich in Friede zu wiegen, während ich auf den Grund warte. Etwas Endgültiges, etwas, das ich identifizieren kann. Da ist nur diese Blase um mich herum. Eine dicke Membran, die mich sicher in sich trägt. Doch etwas durchbricht dieses Vakuum und jede Berührung dieses Fremden schmerzt und scheint mich dem Tod entreißen zu wollen.

Lass mich, lass mich gehen.

Die Wärme um mich herum entweicht gnadenlos. Klirrende Kälte drückt auf meinen Brustkorb. Holz in meinem Rücken, an meinem Hinterkopf, dem Po, den Oberschenkeln, den Fersen. Stimmen um mich, viel zu laut, etwas presst mit voller Gewalt auf meine Rippen. Obwohl der Schmerz unerträglich ist, tönt das Schreien nur in meinem Inneren.

Tief in mir gurgelt es.

Kann die Augen nicht öffnen.

»Atme, verdammte Scheiße.«

Ich. Will. Nicht.

So sehr ich mich dagegen sträube – plötzlich strömt Wasser aus meinem Mund und viel zu viel Luft ersetzt die Flüssigkeit. Ruckartig drehe ich mich zur Seite, um zu husten und alles auszuspucken, bis das Gurgeln verklungen ist.

Der Schmerz, das Feuer in meiner Brust lodert weiter.

Es fühlt sich an, als würde jemand einen glühenden Faden durch die Mitte meines Brustkorbs ziehen und mich daran aufhängen. Wie eine flammende, tote Marionette.

Jemand streicht mir über den Schopf, während noch mehr Seewasser aus mir herausfließt. Meine Sicht ist verschwommen und so schließe ich die Augen nach dem kleinen Blinzeln, das ich zustande bringen konnte.

»Lass sie doch sterben.«

»Selbst schuld.«

»Sie will es doch.«

Stimmt, sie will es doch. Ihr hättet es einfach nur geschehen lassen müssen.

Der Faden zieht sich durch mein Fleisch, zwirbelt an den Rippen vorbei, ätzt die Haut weg. Wie ein heißer Draht. Ich sterbe.

»Haltet jetzt alle eure Klappe!« Das war er. Casper. Und er hebt mich auch hoch. Lass mich zurück in den See fallen, lass mich untergehen.

Bitte.

Verstehst du nicht, dass ich zurück möchte? Dass ich mich das erste Mal, seit ihr mich meinem Zuhause entrissen habt, wirklich frei gefühlt habe?

Heiße Tränen quellen durch meine Wimpern.

»Mach die Augen auf, Caja.«

Nein. Ich will ihn nicht ansehen. Dass ich weinen muss, ist beschämend genug. Ich wollte vor ihm nicht weinen.

»Bitte.«

Nein.

Ein leises Seufzen ertönt, dann legt er Hand an. Er, Casper. Das weiß ich. Mein Oberkörper wird hoch gestützt und festgehalten. Schluchzend öffne ich nun doch die Augen. Er hockt neben mir, sieht mir schweigend beim Heulen zu, bis ich beginne zu zittern.

»Du musst aus den nassen Klamotten raus.«

»Als ob es dich interessiert.«

Überrascht zieht er die Augenbrauen hoch. Übermut tut verdammt nochmal gut. Und es lässt die Tränen versiegen. Wortlos zieht er mir das Oberteil und die Hose aus, während ich auf sein Gesicht achte. Nichts, da ist absolut nichts. Er wirkt fast routiniert, schon nahezu gleichgültig. Als er meine fleckigen Oberschenkel sieht, hält er einen Moment inne, bevor er mir vorsichtig eine neue Hose überstreift. Das Oberteil ist lang und warm, wodurch die Kälte etwas abnimmt.

»Du wirst jetzt was essen«, informiert er mich. Er hat mir ein wenig Zeit für mich gelassen, in der ich mich auf der Couch beruhigt und aufgewärmt habe, während er die anderen beiden Typen weggeschickt hat. Noch ehe ich etwas sagen kann, liegt ein heißer Teller mit einer undefinierbaren Flüssigkeit in meinem Schoß. Misstrauisch rühre ich mit dem Löffel darin herum.

»Ich esse das nicht.«

»Dann stirb halt.«

»Schön.«

Wieso habe ich das unangenehme Gefühl, ihn langsam besser kennenzulernen? Mittlerweile habe ich keine Angst mehr vor ihm, was ich selbst nicht verstehe. Angst würde mir vermutlich guttun, mich schützen. Aber vor Casper habe ich keine Angst mehr.

Vielleicht, weil er nicht mal annähernd so grob ist, wenn seine Freunde nicht da sind, auch wenn er das mit aller Macht versucht zu verstecken.

»Du willst nicht, dass ich dich dazu zwinge, Caja«, murrt er drohend.

Stöhnend tue ich, was er sagt. Weil ich tatsächlich essen muss.

Und weil eine kleine, leise Stimme in meinem Inneren mir sagt, dass ich ihn nicht vor den Kopf stoßen will.

Wie bescheuert ist das bitte? Ich *will* eklig zu ihm sein. Ich habe das Recht dazu, eklig zu sein.

Aber ich bin es nicht, sondern löffle stumm meine Suppe.

Er beobachtet mich dabei und lächelt sogar leicht. Das ist ungewohnt an ihm. Ein Grinsen, Auslachen, Feixen ist so anders.

»Du bist sechzehn, hm?«

»Siebzehn. Nächsten Monat achtzehn«, verbessere ich ihn, woraufhin er langsam nickt.

»Das Gespräch vorhin ist ja leider ziemlich schnell eskaliert. Du solltest wissen, dass du keinesfalls Teil des Plans warst«, erzählt er nüchtern. Ach, es gab einen Plan? Kaum zu glauben.

»Das mit der Eskalation habe ich gemerkt.«

Die Art, wie er die Lippen verzieht, sieht aus, als hätte er Zahnschmerzen. »Tut mir leid.«

»Tut es nicht.« Er nimmt mir den Teller aus der Hand, um ihn auf dem Couchtisch abzustellen. Langsam setzt er sich wieder zu mir, mustert mich und schweigt.

»Und noch eins, Caja: Der Plan hat sich verändert.«

»Seit wann?« Ein ungutes Gefühl macht sich in meinem Magen breit und Hitze wallt in mir auf. Die Kälte scheint zu tanzen. Abwechselnd mit aufwallender Hitze. Einbildung, alles Illusion. Das ist nicht echt, Caja.

»Seit ich dir was ins Essen gegeben habe.« Ungläubig starre ich ihn an, versuche zu begreifen, was er da gerade gesagt hat.

»Nur ein Scherz«, widerruft er sich, leise kichernd. Das Grummeln in meinem Bauch legt sich wieder. Ich presse die Lippen aufeinander. Findet er das lustig? Denkt er, das hier sei ein verdammter Witz? Für wen hält er sich bitte?

»Hör auf mit dem Scheiß und rede ordentlich mit mir«, fauche ich wütend. Überrascht zieht er die Augenbrauen in die Höhe.

»Was erwartest du, Caja?«

»Sag nicht dauernd meinen Namen. Ich weiß, wie ich heiße.« Und ich habe eindeutig zu viel Mut geschluckt.

»Dann sag es mir halt so«, murmelt er.

»Die Frage ist doch wohl eher, was du erwartest. Was wird das hier? Ich sehe keinen Sinn. Dieser verfluchten Villa nach habt ihr anscheinend genug Geld. Und du warst ziemlich überrascht, als du mich in meinem Zimmer gefunden hast. Dass ihr mich mitnehmen musstet, klingt sogar noch irgendwie logisch, aber das, was ihr jetzt tut, ist einfach nur grausam. Warum tut ihr mir so weh? Worauf wollt ihr hinaus?« Wütend funkele ich ihn an.

»Sag es mir. Wenn ihr mich umbringen wollt, damit ihr mich los seid, dann macht das bitte schnell und schmerzlos.« Meine Stimme zittert. »Aber nicht so.«

Für einen Moment bilde ich mir ein, zu ihm durchgedrungen zu sein. Er sieht mich so seltsam an.

Doch bevor er endgültig einknicken kann, schüttelt er den Kopf, steht auf und läuft zur Kücheninsel.

»Hättest lieber doch nichts sagen sollen.« Ehe ich mich abwenden kann, presst er einen übel riechenden Lappen in mein Gesicht. Blind schlage ich um mich, aber das beeindruckt ihn nicht im Geringsten. Eine seltsame Schwere legt sich auf meine Lunge. Ähnlich wie im Wasser. Meine Kräfte schwinden und alles wird so zäh wie Zeit.

»Lass sie doch selbst laufen. Die Schlampe tut doch nur so, damit du sie trägst.« Wieder wünschte ich, sie hätten mich schlafen lassen. Jetzt spüre ich genau die Fesseln, wie sie in meine Haut schneiden, und ich ziehe zu auffällig die Luft ein.

»Sie kann nicht laufen, Idiot. Du hast sie fast umgebracht.«

Blinzelnd öffne ich die Augen, um festzustellen, dass ich in einem Kofferraum liege. Caspers Freund, der Biertrinker, ist da, aber ich schaffe es ohne mit der Wimper zu zucken zurückzustarren, während sie mich mit vor der Brust verschränkten Armen mustern. Es ist Casper, der sich als Erstes regt, um mich aus dem Auto zu heben.

»Das Prinzesschen wird auch mal wach, unglaublich.«

Sie lassen mir Raum zum Umsehen.

»Schön hier, nicht? Bei dir zu Hause ist es zwar

schöner, aber ich glaube, du solltest dich mit dem hier zufriedengeben.« Kann der nicht einfach seine Fresse halten? Casper schüttelt auch nur den Kopf. Wir sind auf einem riesigen und komplett leeren Parkplatz. Angrenzend türmt sich ein würfelartiges, heruntergekommenes Gebäude auf, das ich eine Weile anstarren muss, bis ich es als Schwimmhalle identifiziere. Keine Ahnung, wo wir sind. Der Parkplatz wird von der Halle und an den anderen Seiten von einem hohen Zaun begrenzt. Oben Maschendraht, hier und da ein paar Müllsäcke und abgeladene Autoreifen. Absolut keine Chance zu fliehen, obwohl mir bewusst ist, dass sie mit dem Wagen ja irgendwie hier raufgekommen sein müssen.

»Genug geglotzt«, werde ich plötzlich angeherrscht, während Casper sich in Bewegung setzt. Sein Freund mustert mich nur verächtlich.

Kranker Bastard, zum Vögeln habe ich dir gereicht.

Und klar, abgeschlossen ist diese blöde Halle auch nicht. Es riecht alt und verlassen, während Casper sich beeilt, durch die kleineren Gänge ins Innere zu kommen. Wir müssen durch mehrere Türen, bis wir schließlich in der ehemaligen Empfangshalle ankommen. Die Drehkreuze neben der Kasse, die Schließfächer, die abgeklebten Türen nach draußen. Wir befinden uns hinter den

Plätzen für die Kassierer, wodurch wir nicht mehr durch die Schleuse müssen.

»Und wir sind jetzt hier, weil …?«

»Weil man's hier nicht hört, wenn du schreist«, antwortet Casper nüchtern.

Nicht weinen.

Das ist kein Scherz, das meinen sie ernst.

Wenn ich wirklich geglaubt habe, Casper etwas weichgeklopft zu haben, dann habe ich mich geirrt.

Der Typ ist ein beschissener Wichser und ich könnte mich selbst dafür schlagen, so blöd und naiv gewesen zu sein.

Sie bringen mich in eine Frauenumkleide, wo wir von einer unheimlichen Dunkelheit umfangen werden. Auch hier sind wieder Schließfächer, die langsam vor sich hin rosten, und die Wände sehen schon angegammelt aus, soweit man das im spärlichen Licht erkennen kann. Casper setzt mich auf der Erde ab. Mir fällt auf, dass es hier gar keine Bänke mehr gibt. Nichts, wo man mich festbinden könnte. Zu schade. Aber er ist erfinderisch und knotet kurzerhand alles so um, dass meine Hände an die Füße gebunden sind. Sich theatralisch die Hände abklopfend, steht er auf.

»So, dann mach dir 'n schönes Leben«, feixt sein Freund, bevor sie sich zum Gehen wenden.

»Bitte was?« Ziemlich unbeholfen rüttele ich mit

den Armen, aber es passiert nichts. Der andere Typ zieht die Augenbrauen hoch und mustert mich.

»Das könnt ihr doch nicht machen«, sage ich schrill. Da kommt verdammt viel Angst in mir auf.

»Können wir.« Sie drehen sich beide um und mir, mir platzt der Kragen.

»Bleibt stehen, ihr beschissenen Flachwichser!«, schreie ich sie an. Tatsächlich, sie halten inne. Casper strafft die Schultern. Der andere Typ lässt sich da weniger Zeit. Ohne ein Wort springt er ruckartig herum. Kurz darauf spüre ich seinen Griff an meinem Kinn. Da ich weder stehen noch irgendwas anderes kann, legt sich mein Kopf nur immer weiter in den Nacken.

»Erik.« Er lässt nicht los.

»Erik, es reicht.«

»Halt's Maul, Casper. Die Hure ist selbst schuld.«

Ja, die Hure ist selbst schuld. Das spürt die Hure auch, als sie nach hinten gestoßen wird und sich alles dreht. Wie Schmetterlinge. Nur nicht im Bauch, sondern im Kopf. Erschießt die Mistviecher, jetzt. Tretet auf sie ein! Das brauche ich nicht auszusprechen, das weiß dieser Erik auch so. Auf dem Boden liegend lasse ich alles wie Donnerschläge auf mich wirken und warte, bis es aufhört wehzutun.

Es ist wie fliegen.

Acht

Sobald ich durch das Geräusch einer zufallenden Tür geweckt werde, hoffe ich inständig, dass sich dieser Erik verpisst hat. Und niemals wiederkommt. Casper, ja, der ist auch ein riesengroßes Arschloch, aber der ist nur brutal zu mir, wenn er Publikum hat.

Das macht ihn nicht weniger zum Arschloch, aber sollte er allein gekommen sein, würde mir das nicht mal halb so viel Angst machen. Wobei ich zugeben muss, dass ich ziemlich überrascht bin, überhaupt nochmal »besucht« zu werden. Schließlich klang es zuletzt so, als wollten sie mich hier abladen, um mich ein für alle Mal loszuwerden.

Entweder, sie haben ihre Meinung geändert, oder sie wollen es mir nur etwas angenehmer machen, denn ich spüre, wie meine Fesseln gelöst werden, die mich in der unbequemen Position auf dem Boden liegend gehalten haben.

Jegliche Körperspannung löst sich aus meinen Gliedern, die sich flach über die kalten Fliesen fallen lassen. Selbst wenn ich sie auch nur hätte anheben wollen, wäre mir das nicht gelungen, da augenblicklich der Schmerz durch jede Zelle meines geschundenen Körpers schießt. Ich kann nicht mal sagen, was am meisten wehtut, nur, dass es wehtut. Alles, alles tut weh. So sehr, dass ich spüre, wie ich wieder etwas benommen werde.

Es ist sicherlich nicht gesund, in die Bewusstlosigkeit geprügelt zu werden, aber zumindest habe ich nichts mehr gefühlt, als das bis vor wenigen Minuten der Fall war. Erlösend, besser kann ich es nicht beschreiben.

»Komm, wir flicken dich ein wenig zusammen«, sagt eine Stimme, rau vom Zigarettenrauch. Ein Arm legt sich in mein Kreuz und der andere unter meine Beine. Mir ist kalt, alles bebt und mir wird schwindelig.

Wie lange habe ich hier gelegen und auf den Tod gewartet?

Trotzdem bin ich froh, dass Casper hier ist, obwohl ich immer noch nicht sicher bin, ob *nur er* gekommen ist, weil es in der Umkleide sehr dunkel und mein eines Auge fast komplett zugeschwollen ist.

»Ist er da?«, murmele ich leise, worauf ich keine Antwort bekomme. Nur einen leichten Luftzug, der über mein wundes Gesicht streift. Mein Brustkorb tut weh, der Magen schmerzt und jetzt, wo Casper mich hochhebt, spüre ich etwas zäh meine

Schläfe herab ins Haar laufen. Alles fühlt sich so unglaublich schmutzig an und missbraucht.

»Warum gehen wir raus?«, krächze ich. Würde er mich nicht festhalten, so würde ich zu Boden stürzen und bestimmt nie wieder aufstehen. Ob das jemandem auffällt? Welcher Tag ist heute eigentlich? Sind meine Eltern schon zurück? Haben sie die Polizei verständigt? Hat mein Vater überhaupt bemerkt, dass da eine Kleinigkeit fehlt? Wer weiß, manchmal fällt so was ja nicht auf. Man weiß ja nie.

»Das Licht hier drinnen funktioniert nicht mehr so wirklich und draußen kommt noch ein wenig Licht durch die obersten Fenster rein«, sagt er, bevor er mich vor den verlassenen Kabinen auf eine Bank legt. Da, wo man sich früher die Schuhe ausziehen musste, um keinen Dreck reinzuschleppen. Da, wo man den kleinen Kindern die Regenjacken und -hosen ausgezogen hat, damit sie rumtoben konnten. Da, wo man mit nassen Haaren auf seine Freunde, Familie und mit wem auch immer man sonst schwimmen war gewartet hat. Jetzt liegt hier ein halbtotes und beinahe geschwängertes Mädel, das sich am Arm seines Peinigers festhält, während der beginnt, das Blut an ihrer Stirn abzutupfen.

Hin und wieder trifft er offenes Fleisch und ich zische leise auf. Nicht aus Schmerz, nein, den spüre ich in so kleinen Mengen nicht mehr. Vielmehr versuche ich ihm ein schlechtes Gewissen zu machen, was scheinbar funktioniert. Sobald mein Kopf versorgt ist, gibt er mir etwas zu trinken.

»Darf ich mir deinen Oberkörper ansehen?« Seit wann fragt er, ob er mich ausziehen darf? Seit wann interessiert ihn meine Meinung oder was ich fühle?

Sachte schiebt er mein T-Shirt beiseite, um ziemlich ratlos das anzusehen, was sie angerichtet haben.

»Ich mach dir eine Salbe auf die … auf die Flecken, okay?«

Dass er mich schon wieder quasi um Erlaubnis bittet, verwundert mich. Das bin ich gar nicht gewohnt von ihm. Zumal es ziemlich albern ist, nicht aussprechen zu können, dass er mir wahrscheinlich mehrere Rippen gebrochen hat, weil er das ja ohne zu zögern durchziehen konnte.

Anderen wehzutun, fällt ihm offenbar tausendmal leichter, als sich das im Nachhinein auch einzugestehen, was mich wieder mal leise daran zweifeln lässt, ob er wirklich abgrundtief verdorben ist.

»Ich hab keine Ahnung, ob das was bringt. Fühlt es sich besser an?«

Stumm nicke ich, weil ich so wenig wie möglich mit ihm reden möchte. Er soll kein Interesse an meinem Befinden zeigen, da ihm das zwangsweise Sympathiepunkte einhandeln würde. Die hat er nicht verdient, aber ich bin ein Mensch, der immer das Gute in seinem Gegenüber sieht, egal, wie schlecht es ist. Und das darf ich diesmal nicht. Zu ihm darf ich keine Bindung aufbauen, die auch nur das geringste bisschen von etwas enthalten würde, das sich Hass nennt. Sobald wir uns unterhalten, könnte das doch geschehen, oder nicht? Immerhin habe ich schon viel zu oft darüber nachgedacht, ob er wirklich so ist.

»Wo sind eigentlich deine Eltern?«, fragt er nach einer Weile, in der wir uns angeschwiegen haben.

Hör auf damit, nett zu sein! Hör auf, dich in mein Leben einzumischen!

Weil ich auch jetzt wieder stur den Mund halte, setzt er mich seufzend auf, wodurch ich mich leider an ihn lehnen muss. Mir fehlt einfach die Kraft.

»Machen sie Ferien?«, hakt er nach.

Vergiss es, Casper.

»Ohne dich?«, fügt er leicht amüsiert hinzu. Wütend drehe ich den Kopf in seine Richtung, beiße mir bei den Schmerzen, die das verursacht, auf die Zunge und funkele ihn zornig an.

Der blöde Mistkerl soll mich einfach in Ruhe lassen!

»Tut mir leid.«

Als er das sagt, platzt mir der Kragen. »*Das* tut dir leid?«

Es war nur ein einfacher Satz, der aber bereits gereicht hat, um mich außer Atem und meinen

Herzschlag aus dem Takt zu bringen, weswegen ich die Augen schließe, um mich zu beruhigen.

Während diesmal er schweigt, vergesse ich, wie sauer ich auf ihn bin und ergebe mich, was bedeutet, dass ich meinen Kopf wieder auf seine Schulter sinken lasse.

Vergesse, wie sehr ich ihn hasse. Vergesse, wie schwer mein Herzschlag jedes Mal wird, wenn er auf mich eintritt. Wird er jetzt auch, tief in meiner Brust.

Hör auf damit, Caja.

»War irgendwie 'ne Scheißidee, dich herzubringen«, bemerkt er.

»War irgendwie 'ne Scheißidee, mich zu entführen«, kontere ich.

»Ich weiß.«

»Warum habt ihr's dann getan?« Er scheint auf mich herabzublicken. Sein Atem bläst auf meinen Scheitel. Eine Hand legt sich um meinen Oberarm. Mir wird kalt. Oder warm. Vielleicht auch beides.

»Das weißt du«, flüstert er, womit er recht hat. Prüfend streicht er meinen nackten Arm herab, bevor er meine Wange berührt.

»Du hast Fieber.«

Ist das so überraschend?

»Ich glaube, ich sollte dich hier weg bringen.« Ungläubig blicke ich auf. »Ich kann auch nett sein.« Hört sich seltsam an, wenn er das sagt.

»Steht dir nicht«, murmele ich. Er zieht die Augenbrauen leicht hoch, als würde er auf noch mehr erklärende Worte warten.

Die gebe ich ihm nicht, dafür aber etwas anderes. »Ich hab keine Angst mehr vor dir.«

Vermutlich ist es dumm, so was zu sagen, aber es ist die Wahrheit und das weiß er.

»Du bist viel mutiger als wir drei zusammen«, stellt er fest, doch ich kann nicht heraushören, ob das eine Bewunderung oder Kritik ist.

Während er aufsteht, um sich vor mich zu knien, hält er mich fest.

»Wie wäre es, wenn ich dich heimbringe?« Ich erlaube dem Funken Hoffnung nicht zu erglimmen, denn Casper muss lügen. Er würde das niemals in Ernsthaftigkeit sagen, nein. Meine Augen müssen eisig wirken, oder einfach nur lächerlich glasig. Schwach. Er will mir ausweichen, das sehe ich ihm an, aber das gewähre ich ihm nicht. Ich konnte auch nicht Nein sagen. Ich durfte auch nicht um ein Ende bitten. Ich durfte noch nicht mal sterben.

»Lüg mich nicht an, verdammte Scheiße.«

Erstaunlich, dass er mich dafür nicht schlägt. Stattdessen greift er nach meiner Hand und legt meinen Arm um seine Schulter.

»Wir gehen nach Hause, Caja«, murmelt er, während er mit mir in den Armen durch die leeren Korridore läuft. Totes, kaltes Wasser fließt die Decken herab. Es soll uns ertränken, bitte.

Der Nachmittag neigt sich dem Ende zu, was sich draußen an der verdächtig tiefliegenden Sonne erkennen lässt.

Casper lädt mich auf der Rückbank eines unglaublich teuren Wagens ab. Die Scheiben sind getönt, er ist gut. Sogar das Anschnallen vergisst er nicht. Wäre ja furchtbar, wenn mir was passiert.

Die Fahrt macht mich müde, doch ehe ich wegdämmern kann, sind wir am Ziel angelangt, wo er mich aus dem Wagen hebt.

Das Auto parkt in einer Garage. Groß, leer und wieder mal saukalt. Eine Tür führt direkt in den Wohnbereich. Jetzt weiß ich, was er mit »Zuhause« gemeint hat.

Im Inneren bringt er mich in ein edles Badezimmer.

»Wenn du möchtest, kannst du dich waschen. Dusche funktioniert auch, sofern du dich auf den Beinen halten kannst.« Mit diesen Worten lässt er mich allein. Zuvor hat er noch die Rollläden an den Fenstern herabgefahren. Als ob ich aus dem zweiten Stock springe, würde ich ja gar nicht überleben.

Mit der Dusche hat er wohl recht, aber vielleicht finde ich ja irgendwo ein Shampoo seiner Mutter, dass ich über dem Waschbecken anwenden kann.

In der Kabine ist nichts, im Wandschrank noch viel weniger. Ist das hier nur das Gästebad?

Eine relativ neutral aussehende Flasche, die ich doch noch finde, muss reichen. Erst überlege ich, meinen Kopf über die Badewanne zu halten, aber ich glaube, das macht mein Kreislauf nicht mit. Außerdem klebt da noch dieses Monsterpflaster in meinem Gesicht, das allgemein ziemlich ramponiert aussieht. Die Schwellungen sind stärker geworden. Hier und da leuchtet das ein oder andere Blau oder sogar schon Gelbgrün auf.

Kopfschüttelnd spüle ich mir den Mund aus, wobei ich mich vor mir selbst ekele. Ich habe mir seit mindestens zwei Tagen nicht mehr die Zähne geputzt und jetzt muss das mit den Fingerkuppen und einer halbleeren Tube Zahnpasta vom Waschbeckenrand reichen. An meinen Haaransatz traue ich mich nicht, weswegen ich nur warmes Wasser über die Längen laufen lasse. Ich brauche dafür länger als gewöhnlich, da ich mich immer wieder am Beckenrand festhalten muss, um nicht wegzukippen. Notdürftig wasche ich mir die Hände und versuche den tiefsitzenden Dreck unter den brüchigen Nägeln zu entfernen.

Ich sehe nicht gut aus, nicht mal ein bisschen. Abgesehen von den Verletzungen bin ich unglaublich blass im Gesicht. Man sieht mir an, was passiert ist. Wie ein Buch lasse ich mich lesen.

Wenn das mal das größte meiner Probleme wäre.

An einem Haken hängt ein Handtuch, mit dem ich mich vorsichtig abtrockne. Ich habe das Verlangen, meine Hände einzucremen. Die Haut aufzuweichen, bis sie auf die dunklen Fliesen fetzt und ich schmelze. Wie eine Wachsfigur. Oder ein milchigweißer Fisch. Solch einer, den man in den riesigen Aquarien in den asiatischen Restaurants bewundern kann.

Schuppe um Schuppe bedecke ich das Schwarz. Sieht aus wie Winter. Das bilde ich mir ein, das weiß ich. Aber irgendwie ist die Vorstellung schön. Schön, sich einfach ohne jegliches Empfinden zu lösen. Von allem. Man spürt die Hitze nicht mehr, man spürt die Kälte nicht mehr. Da ist kein Blut, da ist nur noch weißes Fleisch. Geraspelt wie Parmesan.

Schnee.

Neun

Hätten Erik und Casper Lejs nie kennengelernt, wäre vielleicht alles anders gelaufen.

Der Sommer, in dem sie vierzehn waren, war der Sommer, der alles völlig neu aufrollte. Der sie in eine Richtung lenkte, der sie so lange versucht hatten, standzuhalten.

In den Ferien fuhren Liv, Casper und Erik mit Caspers Vater ein Wochenende in ihr Ferienhaus, das Caspers Eltern inmitten eines dichten Waldes an einem See errichtet hatten, als Caspers Mutter noch am Leben war. Jahrelang hatte sein Vater sich dagegen gesträubt, wieder dorthin zu fahren. Zu viele Erinnerungen hingen an diesem idyllischen Ort. Doch jetzt, da Casper so aufgeblüht war und Freunde gefunden hatte, wurde auch das Verhältnis zu seinem Vater wieder besser, der zwar immer noch viel zu viel arbeitete, aber sich dafür zumindest in der Zeit zu Hause gut mit seinem Sohn verstand.

Sie fuhren also zusammen mit den Nachbarskindern für ein Wochenende weg, was deren Eltern ganz gut passte, da sie viel geschäftlich zu tun hatten. Die Hotelkette hatte viel von dem wieder eingebracht, was sie durch falsche Investitionen verloren hatten, wofür sie allerdings viel schuften mussten. Dennoch ging es der Familie wieder besser und auch Eriks Stiefvater rappelte sich etwas auf. Er hörte auf zu trinken und Drogen zu nehmen.

Doch er hörte nicht auf, Liv zu missbrauchen, auch wenn er sie etwas seltener nachts in ihrem Zimmer aufsuchte.

Sie genossen die drei Tage in vollen Zügen, vor allem Liv. Am Morgen ihres letzten Tages tauchte Lejs auf. Mit seinem Vater und seinen Brüdern war er zum Angeln an den See gefahren. Seine Familie lebte in durchschnittlichen Verhältnissen, wofür sein Vater viel arbeiten musste, seit seine Frau mit einem anderen durchgebrannt war und ihn und die Kinder zurückgelassen hatte.

Man konnte nicht abstreiten, dass Lejs durch diese Situation gezeichnet war. Mit seinen fünfzehn Jahren schien er ungewöhnlich reif für sein Alter.

Und boshaft. Dass seine Mutter ihn verlassen hatte, hatte er ihr nie verzeihen können. Nur leider projizierte er seinen Hass, der sich anfangs nur gegen sie richtete, schon bald auf Frauen im Allgemeinen. In seiner Welt waren sie die Wurzel allen Übels, woraus er keinen Hehl machte. Erik und Casper fiel das zunächst nicht auf. Sie verstanden sich gut mit diesem fremden Jungen, der, wie sie nach einer Weile feststellten, gar nicht so weit von ihnen entfernt lebte. Erst als Lejs auf Liv traf, wurde ihnen bewusst, dass dieser Junge nicht so in Ordnung war, wie sie gedacht hatten. Mit Eriks Schwester sprach er nicht. Er würdigte sie nicht mal eines Blickes, was Casper und Erik sehr verärgerte, aber sie wollten diesem neu gewonnenen Freund eine Chance geben. Lejs sprach auch nicht über seine Mutter, auf die er angesprochen wurde, als Casper auffiel, dass er nur mit seinem Vater und seinen Brüdern da war.

»Das Miststück ist weg und das ist auch gut so« war alles, was Lejs sagte.

Liv mochte Lejs nicht, was ja nicht weiter verwunderlich war, so wie der sich ihr gegenüber verhielt, aber die beiden Jungen waren neugierig. Lejs war ein Jahr älter und wirkte so selbstbewusst, so locker auf sie, dass sie mehr Zeit mit ihm verbringen wollten.

Und das taten sie. Lejs kam sie immer öfter besuchen oder Erik und Casper fuhren mit dem Fahrrad zu ihm. Am Anfang unternahmen sie Dinge wie andere Kinder in ihrem Alter auch, nur, dass sie dies stets ohne Liv taten. Lejs weigerte sich, mit ihr zu spielen, und konnte seine Freunde davon überzeugen, dass sie nun sowieso in einem Alter waren, in dem Mädchen mit Mädchen und Jungen mit Jungen zu spielen hatten. Da sowohl Casper als auch Erik keine sonderlich stabilen

Persönlichkeiten hatten, die ihnen dabei hätten helfen können, sich dagegenzustellen, akzeptierten sie Lejs Wunsch. Sein freches Mundwerk und das große Selbstbewusstsein bewunderten sie an ihm. Am liebsten wären sie so wie er gewesen, weswegen sie alles dafür taten, so viel Zeit wie möglich mit ihm zu verbringen.

Als die Jungen sich ein paar Monate kannten, überfuhr jemand vor Eriks Haus eine Katze. Der Fahrer hielt an, stieg aus seinem Wagen und kniete sich bestürzt zu dem sterbenden Tier. Casper, Erik und Lejs, die in der Straße skateten, kamen sofort hinzu, da sie das Ganze beobachtet hatten.

»Was mach ich denn jetzt?«, fragte der Fahrer, ein junger Mann, offenbar ziemlich durch den Wind.

Lejs streckte die Hand aus und strich dem kleinen Tiger übers Fell. Es floss ziemlich viel Blut und die Katze miezte fürchterlich schmerzvoll.

»Wir machen das schon«, winkte Lejs entschieden ab, zog seine Jacke aus und wickelte das Kätzchen vorsichtig darin ein.

»Bringt ihr sie zum Tierarzt? Macht euch das auch keine Umstände?«, fragte der Fahrer unsicher.

»Natürlich«, versicherte Casper ihm, wobei er nicht glaubte, dass das arme Wesen so lange durchhalten würde. Vermutlich würden sie ihr eher ein Grab im Wald buddeln.

Lejs hatte offenbar andere Pläne. Nachdem der Autofahrer davongebraust war, stapfte er fröhlich pfeifend in Caspers Haus, geradewegs in den Garten, wo er das Tier unsanft auf den Rasen fallen ließ.

Sie gab ein qualvolles, ersticktes Geräusch von sich, bewegte sich aber immer noch.

»Sollten … sollten wir nicht irgendwas tun, damit sie nicht so leidet?«, warf Erik ein. Lejs hockte sich kopfschüttelnd neben die Katze, um vorsichtig ihre Beinchen zu bewegen, von denen alle offene Wunden oder augenscheinlich Brüche davongetragen hatten. Es war also nicht verwunderlich, dass das arme Tierchen schrecklich litt, als Lejs an ihr herumspielte. Aus ihrer Wunde am Bauch quoll zu allem Überfluss eine dunkle, zähe Flüssigkeit.

»Irre, wie viel Blut das ist«, murmelte Lejs, sah sich suchend um und griff nach einem Stöckchen in seiner Nähe, mit dem er begann, im offenen Fleisch zu stochern.

So begeistert er davon war, so sehr widerte es seine Freunde an. Sie begriffen nicht, warum er das tat und auch noch Freude daran hatte.

»Jetzt seid mal keine Weicheier. Echte Männer sind nun mal nicht zimperlich und das Mistvieh stirbt doch eh«, schnauzte Lejs sie an, als er sah, wie Eriks Gesichtsfarbe sich gefährlich ins Grüne veränderte.

»Aber deswegen müssen wir sie doch nicht leiden lassen«, traute Casper sich zu sagen.

Ungläubig zog Lejs die Augenbrauen zusammen. »Wieso nicht?«

»Weil ihr das wehtut.«

Lejs gab ein seltsames Lachen von sich. »Sie ist doch vors Auto gerannt. Selbst schuld.«

Selbst schuld. Sie ist selbst schuld.

Weil er seine Freunde damit nicht überzeugen konnte, klopfte Lejs sich stöhnend die Hände ab und stand auf. »Hast du irgendwas Schweres da? Einen Stein oder so?«

Entsetzt starrte Casper ihn an. »Wofür?«

Ungeduldig sah Lejs sich um, bis er einen Spaten sah, der am Gartenhäuschen lehnte. Wortlos holte er ihn sich, um ihn Erik in die Hand zu drücken.

»Was … was erwartest du jetzt von mir?«, stotterte der ängstlich.

»Ich denke, ihr wollt nicht, dass sie leidet. Zermatsch ihr das Hirn, dann ist es vorbei«, antwortete Lejs in einem Ton, als würde er gerade von seinem Schultag oder dem Mittagessen erzählen.

Erik wurde noch eine Spur grüner, rührte sich keinen Zentimeter und starrte hilflos von Casper zu Lejs.

Resignierend und sichtlich angewidert von Lejs' Vorhaben nahm Casper ihm die Schaufel ab.

»Ich mach das«, murmelte er.

Einen Augenblick zögerte er, bevor er es tat, aber er tat es.

Das stolze Schulterklopfen, das er als Belohnung von Lejs erhielt, würde er nie vergessen.

Sie wurden älter und zu Livs Leidwesen Lejs immer ähnlicher. Auch wenn Erik und Casper zu dem Mädchen, das mittlerweile für beide eine Schwester geworden war, nicht annähernd so widerlich waren, wie Lejs es war, so veränderten sie sich doch.

Irgendwann waren sie fast genauso abgebrüht wie ihr großer, ach so toller Freund, mit dem sie anfangs nur Tiere, irgendwann auch andere Kinder quälten. Es war, als würde Casper in die Zeit zurückreisen und in das Verhalten zurückrutschen, das er als Sechsjähriger mit Leibeskräften versucht hatte abzulegen, nachdem er Erik kennengelernt hatte. Nur, dass er diesmal clever genug war, sich nicht dabei erwischen zu lassen, wodurch auch keine Psychologin geschickt wurde, um ihm zu helfen.

Keiner half den Jungen mehr, da sie sich gegenseitig halfen, wobei diese Hilfe sie nur in immer tiefere Abgründe zog.

Es war furchtbar.

Erik und Casper waren in einer Phase auf Lejs getroffen, in der sie selbst noch nicht wussten, wer sie waren und wo sie hingehörten. Durch ihn hatten sie ihren Weg gefunden, der nicht falscher hätte sein können. Und das Schlimmste daran war, dass sie sich immer wohler fühlten. Aus den unsicheren, verletzlichen Kindern wurden Jugendliche, die in eine Schiene gerutscht waren, aus der sie so einfach nicht mehr entkamen. Eine Schiene voller Brutalität, Überlegenheit und Arroganz. Das Einzige, was Lejs noch nicht erreicht hatte, war, die Gewalt gegen das weibliche Geschlecht zu lenken. So verdorben waren Erik und Casper noch nicht und sie waren sich sehr sicher, dass es dazu auch nicht kommen würde.

Einen gleichaltrigen Jungen zu schlagen oder einen Hund oder eine Katze zu quälen, waren eine Sache – ein Mädchen zu verprügeln, eine andere.

Und obwohl sie sich so sicher waren, dass sie nie die Hand gegen eine Frau erheben würden, dauerte es keine allzu lange Zeit, bis sich auch das änderte.

Zehn

»Caja, Caja wach auf. Alles ist gut, wirklich. Er ist wieder weg!« Nichts. Nichts ist verdammt nochmal gut. Mir tut viel zu viel weh, um sagen zu können, alles sei gut. Ich liege auf einer dunkelledrigen Couchlandschaft und das von vorhin – Halluzinationen? – scheint wie weggeblasen. Wie viel Zeit wohl verstrichen ist? Minuten? Stunden? Tage?

Casper sitzt mit einem Blick, den ich nicht lesen kann, neben mir. Er sagt nichts, lässt mir einfach Zeit, richtig wach zu werden, während er eine Flasche zwischen den Händen hin und her wandern lässt. Von so viel Bewegung wird mir schwindlig.

»Trink was.« Zwar gibt er sich die allergrößte Mühe, desinteressiert und distanziert zu wirken, als er mir hilft, aber das gelingt ihm nicht. Sein Kern scheint wohl doch nicht so hart zu sein, wie er tut.

Das Wasser schmerzt, obwohl ich furchtbar durstig bin.

Am liebsten würde ich weinen, doch was würde mir das bringen? Vielleicht zeigt Casper dann Mitleid, vielleicht tröstet er mich sogar. Aber wird er mich zu einem Arzt bringen? Wird er mich freilassen, weil ich ihm leidtue? Weil es ihm leidtut?

Wird er nicht. Wäre er so vernünftig und einfühlsam, hätte er mich gar nicht erst entführt, denn das war verdammt unvernünftig.

Und trotzdem hat er mich gerettet, indem er mich aus dem See gefischt hat, was ich bis jetzt nicht verstehe. Wieso hat er den Dingen nicht einfach ihren Lauf gelassen? Wieso hat er es sich nicht einfach gemacht?

Wieso hat er sich offenbar von seinen Gefühlen oder zumindest dem schlechten Gewissen leiten lassen?

Ich verstehe ihn nicht, wirklich nicht. Nur eins weiß ich: Er wird mich nicht sterben lassen. Sei es, weil er Spaß daran hat, mich zu demütigen, oder einfach aus Angst vor den Konsequenzen.

Wenn ich nicht sterben darf, dann muss ich versuchen zu leben. Es ist schier unmöglich, weiterhin in dieser Lage nur noch zu existieren. Ich muss hier weg. Doch wenn ich mal realistisch bleibe, dann wird eine Flucht unmöglich, solange Casper lebt. Er würde mich einholen binnen Sekunden. Und ich will mir nicht ausmalen, was dann geschieht. Zumindest sollte ich bewaffnet sein, wenn ich hier rauskomme. Er sitzt immer noch neben mir, beobachtet mich beim Nachdenken, wobei er keine Ahnung hat, worüber ich gerade grübele. Mein

Plan, der genau genommen nicht mal ein Plan ist, kann gewaltig in die Hose gehen, aber ich muss es versuchen. Ein letztes Mal. Ruckartig fahre ich spontan hoch, wodurch sich das Wasser über mein Oberteil ergießt. Casper verkneift sich einen bösen Kommentar, bevor er die Flasche auf dem Couchtisch abstellt.

»Ich hole dir ein sauberes Shirt«, murmelt er nur und steht auf. Als ich es auf der Treppe poltern höre, weiß ich, dass der Moment gekommen ist. Jetzt, genau jetzt. Meine Beine tun schon nach wenigen Metern laufen weh, aber ich kann jetzt nicht anhalten. Das Wohnzimmer ist riesig, so schwer habe ich es mir nicht vorgestellt. Humpelnd schleppe ich mich an einem großen Tisch und einem Aquarium vorbei und schaffe es in die angrenzende Küche. Mein Trommelfell vibriert vor Aufregung, der Kopf dröhnt. Die Schubfächer knallen laut, als ich sie aufreiße, weswegen ich vor Angst, erwischt zu werden, zusammenzucke. Aber ich brauche ein Messer und das finde ich auch. Der Griff in meiner Hand gibt mir so viel Sicherheit, dass augenblicklich eine riesige Last von meinen Schultern fällt.

So weit, so gut.

Als ich mich jedoch umdrehe, bleibt mir das Herz stehen. Casper steht direkt hinter mir. Die Knie leicht gebeugt, die Hände vor sich gehalten. Er war so kurz davor, mich zu stoppen, bevor ich überhaupt beginnen konnte. Laut keuche ich auf und stolpere einige Schritte nach hinten. Das Messer in meiner Hand abwehrend vor mir, versuche ich keine Angst zu zeigen, obwohl mein Herz so schnell schlägt, dass es schmerzt.

»Caja …«, flüstert er entsetzt, während er auf mich zugehen will, aber ich spanne den Arm an und hole aus. Der Klinge kann er gerade noch so ausweichen, schafft es aber mit dem Fuß meinen Magen zu treffen, womit er mich nach hinten gegen die Küchenzeile schubst. Das Messer, das locker dreißig Zentimeter lang ist, rutscht mir aus der Hand und landet klirrend auf den Fliesen.

Einen Atemzug lang rührt sich niemand, bis wir uns beide auf die Erde stürzen. Meine Rippen brennen, die Luft wird knapp, aber ich kann mich zusammenreißen. Er schlägt meinen nach der Waffe greifenden Arm weg, greift um meine Taille und zieht mich nach hinten, um über mich zu klettern, aber ich ramme ihm meinen Ellenbogen genau dahin, wo kein Mann einen Ellenbogen haben möchte.

»Scheiße, Caja!«, flucht er auf, womit er mir einen Augenblick Vorsprung gewährt, in dem ich wieder den Griff zwischen die Finger bekomme. Doch Casper schafft es schnell, sich wieder auf das Wesentliche zu konzentrieren. Sein einer Arm schlingt sich erneut um meine Hüfte und während er mich hochhebt, versucht er, meine bewaffnete Hand zu fassen zu kriegen. Dabei gelingt es ihm aber nur, meinen Arm zu packen. Ich strampele mit den Beinen in der Luft, ignoriere alle Schmerzen und will das Messer über meine eigene Schulter nach hinten rammen.

»Caja, nicht!«, ächzt er atemlos.

Wenn ich ihn mit der Klinge treffe, ist er tot.

Dann ist er definitiv tot.

Mein Zögern dauert zu lange. Urplötzlich trifft mich ein Knie in den Rücken, wodurch ich vollkommen überrumpelt aufkeuche. Jegliche Spannung in mir löst sich. Casper entreißt mir geistesgegenwärtig das Messer, meine einzige Möglichkeit, hier wegzukommen. Das letzte Stück Hoffnung, das ich noch habe, ebbt ab.

Was bleibt, ist eine unfassbare Wut. Blind schlage ich um mich, völlig überfordert mit der Tatsache, dass ich es schon wieder nicht geschafft habe.

Casper legt nun auch seinen anderen Arm um mich. Das bemerke ich zu spät, wodurch sich Dank meiner Strampelei auf einmal die Klinge über meine Seite zieht. Ein scharfer, siedend heißer Schmerz wallt über meinen Oberkörper, als meine Haut aufspringt und auseinanderblättert wie ein Graben im Erdboden.

Habe ich nicht genug gelitten?

»Du bist so ein Idiot«, murmelt Casper in meinen

Nacken, bevor er sich meiner Machtlosigkeit bedient. Während das Stechen zunimmt, legt er mich langsam auf dem Boden ab und das Messer beiseite. Meine Finger krallen sich in meine Oberschenkel. Ich wage es nicht, zu atmen. Casper kniet sich neben mich, um mir das Oberteil hochzuziehen.

Ich drücke meinen Rücken durch und brülle auf. Meine Seiten werden warm, alles läuft herab. Fließt davon, den Boden entlang.

Da ist Blut, so viel Blut.

»Alles gut, wir kriegen das hin.« Nichts kriegen wir hin. Wenn ich sterbe, gehst du nicht mit, Casper. Ich bin dann alleine. Und ich will nicht sterben, jetzt, da es vielleicht so weit ist. Der Tod wird auf einmal so abstoßend.

Belanglose Gedanken schieben sich in mein Bewusstsein. Ich denke an seine Augen, bevor ich den Halt verliere.

Das Erste, was ich spüre, während ich zu mir komme, ist die unglaubliche Hitze. Mir ist unfassbar warm. Das muss von dem Schnitt kommen, anders ist das nicht zu erklären. Blind taste ich nach der Wunde. Das Shirt ist weg, doch etwas spannt an der Stelle. Da ist so eine Art Pflaster, das mich vor dem Auslaufen schützt. Es nimmt mir jegliche Bewegungsfreiheit. Als ich kehlig husten muss, habe ich das Gefühl, alles wieder aufzureißen. Zwei kühle Hände greifen nach meinen Fingern, um sie wieder neben meiner Taille zu positionieren. Ich blicke Casper entgegen, der neben mir steht.

»Lass das lieber. Sonst blutet es wieder«, murmelt er.

Selbst schuld, muss ich wohl nicht erwähnen.

Schweigend wische ich mir mit der Hand über die schweißnasse Stirn, während er mich tonlos mustert.

»Fieber ist wieder hochgegangen.«

Welch ein Wunder!

»Hast du das nicht desinfiziert, oder was?«, gifte ich und habe ehrlich keine Ahnung, woher ich meinen Mut nehme. Eigentlich rechne ich sogar schon fest damit, dass ihn das wütend machen wird. Zuzutrauen wäre es ihm.

»Klar habe ich das«, antwortet er überraschend resignierend, bevor er mir was zu trinken gibt.

»Du solltest mal wieder etwas essen.« Schon bei dem Gedanken wird mir übel, aber er hat recht. Ich will mich aufsetzen, aber das ist so ziemlich dasselbe Gefühl, als würde ich mich gleich nochmal verletzen. Absolut am Boden angekommen, muss ich mich füttern lassen.

Falls er das gekocht haben sollte, ist er gar nicht so übel. Aber wie gesagt – ich habe wirklich keinen Appetit. Er zwingt mich nicht lange, dagegen anzukämpfen und trotzdem zu essen.

»Wir sollten langsam mal überlegen, was wir machen.« Mir ist sofort klar, dass es nicht um meine Nahrungsaufnahme geht.

»Willst du mich jetzt töten, oder was?«

Amüsiert grinst er.

»Wenn ich das vorhätte, dann wäre es schon längst geschehen. Oder ich hätte dich nicht aufgehalten dabei.« Tja, wo er recht hat, hat er recht.

»Ich hab 'ne Idee.«

Er zieht die Augenbrauen hoch und scheint zu warten, dass ich fortfahre.

»Du lässt mich gehen und ich erzähle es niemandem.« Das ist so dämlich, dass wir beide lachen müssen. Vielleicht sind wir uns sogar ähnlich. Wir lachen über die selbe beschissene Sache. Nur gibt es da einen Unterschied. Ich beginne Blut zu husten, er nicht.

Elf

Also besonders gut ist Casper nicht darin, mir zu helfen. Ziemlich unbeholfen versucht er, mich irgendwie zu unterstützen, wobei er sich nicht entscheiden kann, ob ich das Blut abhusten oder schlucken soll. Ich weiß das ja selbst nicht mal. Als es endlich aufhört, fühle ich mich noch mieser als vorher. Würde ich nicht schon liegen, würde ich wahrscheinlich zusammenbrechen. Casper bietet mir etwas zu trinken an, aber ich lehne ab. Kopfschüttelnd, aber wortlos stellt er die Flasche wieder beiseite und mustert mich. Einen Moment scheint es so, als wolle er etwas sagen, doch dazu kommt es nicht.

Es klingelt.

Er reagiert ziemlich schnell, da kommt mein vernebeltes Hirn nicht nach. Blitzartig hebt er mich hoch und dämpft meinen Schmerzensschrei irgendwie gleichzeitig mit einer Hand. Wie zur Hölle macht er das? Der Ton verstummt, ich falle ins Feuer und ergebe mich.

»Werd jetzt nicht ohnmächtig, klar?«, murmelt er und trägt mich ins Bad. Ich bin mir nicht sicher, ob er sich Sorgen macht oder ob er genervt ist. Casper platziert mich auf den Vorleger der Badewanne, während ich meine brennende Seite umklammere.

»Warte hier«, flüstert er.

»Wegrennen geht gerade schlecht«, presse ich hervor, was ihm ein kleines Lächeln entlockt, bevor er verschwindet.

Schlafen wäre jetzt schön. Sehr, sehr schön.

Caja. Caja. Caja. Mein Name. Ich mag ihn immer noch. Er klingt anders, seit ich von zu Hause fort bin. Caja. Caja. Caja. Er geht mir nicht mehr aus dem Kopf.

»Caja, verdammt!« Ah, deswegen. Weil Casper ihn die ganze Zeit sagt. Ich öffne die Augen und stelle fest, dass er mir eindeutig zu nahe ist. Das Gesicht nicht weit von meinem entfernt, mustert er mich. Augen. Unglaublich.

Himmelherrgott, Caja, reiß dich zusammen!

»Dir geht's aber noch gut, ja?«, brummt er und trägt mich ins Wohnzimmer. Und da steht er.

»Süße.« Ruckartig kralle ich meine Finger in Caspers Arm, er zuckt nicht mal.

»Bitte. Bitte nicht!«, flüstere ich und er mustert mich eindringlich. Als würde er irgendwas in meinen Augen suchen. Ich finde zumindest etwas in seinen. Etwas, das ich bisher noch nicht oft gesehen habe. Noch nie.

Wärme.

»Halt doch dein Maul. Hast hier gar nichts zu sagen«, blafft Erik plötzlich. Ich will ihm eine reinhauen. Völlig überraschend lässt Casper mich runter, stützt aber meinen Arm.

»Wir werden fortgehen.« Oh, das ist mir neu. Erik anscheinend auch.

»Wo willst du denn hin mit der kleinen Schlampe?«, faucht er. Wütend presse ich die Lippen aufeinander. Soll ich jetzt eingreifen und meine Meinung sagen? Soll ich Casper machen lassen? Was soll ich tun?

»Ich will nicht weg. Ich will zu mir nach Hause«, murmele ich mehr zu mir selbst.

»Schnauze«, entgegnet das Arschloch wieder.

Ich wünschte, ich wäre mutig genug, etwas zu sagen, aber das bin ich nicht. Stattdessen beiße ich mir auf die Zunge und weiche Eriks Blick aus, der mich von oben bis unten mustert.

»Hast deine Stimme wieder verschluckt?«, fragt er. Ich schweige. Casper kann sich nicht schnell genug vor mich stellen, als Erik aufsteht und meinen Arm greift. Es tut schon gar nicht mehr weh. Ich spüre das nicht mehr.

»Lass sie«, meint Casper ruhig, aber bestimmt. Erik ist größer als ich, vielleicht einen Kopf oder mehr. Er ist stark, das durfte ich schon mehrmals feststellen. Hätte ich ihn anders kennengelernt, wäre er vielleicht attraktiv, aber so ist es einfach nicht. Seine Muskeln imponieren mir nicht, sie lassen mich erinnern. Die kantigen Züge im Gesicht zeigen so viel Härte wie nichts anderes an ihm und irgendwie passt das. So gut er auch aussehen mag, er ist ein brutaler Vergewaltiger.

Aber Casper schützt mich zumindest diesmal und kündigt an, dass er mich jetzt wegbringt, um dann alles planen zu können. Bevor er mich ins Obergeschoss führt, wirft er Erik noch einen unmissverständlichen Blick zu. Es dauert Ewigkeiten, aber durch das Laufen fühle ich mich nicht allzu unterlegen. Das weiß Casper und vielleicht sollte ich ihm dafür danken.

Sein Zimmer ist groß und ähnelt dem in seinem Haus im Wald. Das große Bett überlässt er wieder mir, er sieht, dass ich am Ende bin.

»Ich hole dich nachher.« Und dann ist er weg.

Doch er war nicht schnell genug. Er weckt mich nicht, weil jemand anderes diese Aufgabe übernimmt. Ich komme von dem leisen Klicken der Tür zu mir. Dann wird ein Schlüssel umgedreht. Irritiert richte ich meinen Oberkörper auf. Es tut weh und alles spannt, aber ich habe somit immerhin noch die Chance, Erik zu erkennen, bevor er sich zu mir dreht. Mit so viel Kraft, wie ich noch aufbringen kann, klettere ich vom Bett, doch eine Hand packt meine Fessel und zieht mich zurück.

Der Schmerz ist unbeschreiblich einnehmend. Ich kann mich kaum rühren.

»Wo willst du denn hin, Kleines?«

Fick dich. Fick dich bis in den Tod. Ich liege noch immer auf dem Bauch, als Erik sich an meiner Hose zu schaffen macht. Einmal noch, Caja, noch einmal kämpfen. Mein Tritt muss ziemlich gut getroffen haben, er lässt mich sofort los und verkneift sich ein wütendes, schmerzerfülltes Brüllen.

»Das hätte ich nicht getan an deiner Stelle.« Ich lasse mich vom Bett fallen und rappele mich irgendwie auf. Mein Mund ist trocken, kriege kaum noch Luft. Und gerade als ich stehe, steht er auch wieder und zwar direkt vor mir. Bevor ich schreien kann, legt sich eine Hand an meine Kehle und drückt zu.

Eins, zwei, drei. Wie lange kann ich bei mir bleiben?

Vier, fünf, sechs. Es flackert schon.

Und dann lässt er los. Noch ehe ich irgendetwas tun kann, knicke ich ein. Er hat meinen Magen getroffen, jetzt presst er seine Hand auf meine Seite und ich will sterben, sofort. Egal nach wem, ich muss um Hilfe rufen.

»So nicht, Prinzessin.« Das hat er wohl erwartet, als er seine Hand auf meinen Mund drückt. Mit der anderen zieht er mich am Arm nach oben, damit ich nicht falle.

»Noch bin ich mit dem Vorspiel nicht fertig.«

Ich glaube, ich hatte noch nie solch eine Angst. Vor ihm, vor irgendwem, vor allem. Mein Herz spüre ich schon gar nicht mehr, so stark schlägt es.

Alles scheint zu brennen.

Irgendetwas trifft mein Knie oder meinen Oberschenkel, das spüre ich nicht genau. Auf jeden Fall ist es mein Bein. Ob etwas gebrochen ist, kann ich nicht sagen, es tut so sehr weh. Und endlich, endlich lässt er mich zu Boden. Doch zu spät begreife ich, warum.

»Wir wollen ja nicht Caspers Bett dreckig machen«, raunt er mir ins Ohr und ich wimmere unter seinen Fingern leise auf. Das bringt ihn zum Grinsen.

»Es ist so süß, wie du dich noch gewehrt hast. Im Ernst, das macht es noch viel besser«, lobt er mich regelrecht.

Diesmal habe ich keine Chance, ihn von mir zu lösen. Mein eines Bein kann ich nicht anheben, das andere wird mit seinem auf dem Boden fixiert. Und es tut so unendlich weh. Er streicht mir ein paar Strähnen aus dem Gesicht und lacht schadenfroh. Wie viele Hände hat er? Zu viele. Langsam öffnet er meine Hose, zieht sie runter. Die Unterwäsche folgt. Ich schließe die Augen. Kann es nicht mit ansehen, wie er es schon wieder tut.

Diesmal tut es mehr weh. Letztes Mal muss ich mich wohl irgendwie abgelenkt haben, keine

Ahnung wie. Diesmal ist es, als würde ich einmal zerrissen werden. Von unten nach oben. Ich stemme meine Hände gegen seine Brust, aber das beeindruckt ihn nicht.

Ich glaube, das ist bisher das Schlimmste. So sehr habe ich noch nie den Wunsch gehabt, eine Kugel in den Kopf oder ein Messer in die Brust gerammt zu bekommen. Mein Unterbauch drückt, alles zieht und meine Seite wird nass. Das Blut fließt und fließt und etwas rauscht.

»Ich glaube, ich sollte dir mal Hilfe holen.« Er flüstert nur. »Wir wollen ja nicht, dass du ausläufst.« Ich muss noch einmal aufkeuchen, als er sich meiner endlich erbarmt. Meine Augen sind schon wieder offen, ich weiß nicht, wie lange schon. Ihn beobachtend liege ich da, halbnackt. Aber ihn anzustarren, hilft mir, da zu bleiben. Das Blut tränkt die Dielen und ich erschrecke, weil es nicht nur von meinem Oberkörper kommt.

Ich will nicht, dass mich jemals wieder jemand dort unten berührt. Erik setzt zu einer skurrilen Geste an. Nahezu sanft küsst er mich auf die Lippen, fasst mir zwischen die Beine und als er zudrückt, verwehrt er mir mit seinem Mund die Möglichkeit zu schreien. Ich will ihn wegstoßen, aber er packt meine Arme und die Beine sind immer noch wie gelähmt.

»Ich glaube, ich habe da was kaputt gemacht«,

feixt er, als er sich von mir gelöst hat, und weist auf meinen Oberschenkel.

Jetzt kann ich nicht mal mehr weglaufen.

»Soll ich Casper holen?« Gekränkt presse ich die Lippen aufeinander.

»Du musst mich nur darum bitten.« Das Süßliche in seiner Stimme bringt mich zum Würgen. Ich muss mich zur Seite drehen, um mich nicht auf mir zu übergeben. Erik ist schnell genug, um auszuweichen. So, so müde flattern meine Lider und ich höre ein Rütteln. An der Tür?

Es ist zu spät, Casper, es ist zu spät.

Zwölf

Die Schleier sind zu dick, um schon beim ersten Blitz aufzuwachen. Immer wieder versuchen Stimmen, sie zu durchbrechen, doch ich bin ein tiefer, dunkler, lautloser Ozean. Die Wellen an der Oberfläche mögen noch so sehr übereinander herfallen und einstürzen – hier unten bekomme ich davon nur ein müdes Rauschen mit.

Es ist so unglaublich schön. Weiche Tücher legen sich sanft um meine Brust, hüllen mich ein. Es ist seltsam, schließlich bin ich körperlos im Moment. Der weiße Stoff legt sich wie eine sanfte Schlinge um mich und zieht mich langsam hinauf.

»Schon gut, schon gut. Es wird alles gut.« Ich flattere mit meinen tränennassen Wimpern, merke, dass ich weine, und dort, wo gerade noch Seidigkeit lag, schnürt sich alles zusammen. Es ist nicht mehr schön.

Und dann sind da diese unfassbar starken Arme, die mich halten, als ich mich loslassen will. Seine Hände legen sich auf meinen Rücken und mit den Fingerkuppen streicht er sanft über meine

Wirbelsäule. Die andere Hand liegt an meinem Hinterkopf und macht meine Haare bauschig.

»Es tut mir so leid«, flüstert er nahe meinem Ohr. »Ich habe ihn nur eine Sekunde aus den Augen gelassen, als ich aufs Klo musste. Da hat er mich im Bad unten eingesperrt.« Ein Ziehen windet sich durch meinen Magen. Wie heißer Konfettiregen, es ist schön. Ich lege meine Hände auf seine Brust und schiebe mich nur ein kleines Stück von ihm weg, damit ich seine Augen sehen kann. Der Hass ist fort, das Schiefergrau wirkt nahezu weich.

Wieder platzt etwas in mir drinnen, wie der Kokon eines Schmetterlings. Und obwohl es so wunderschön ist, kann ich nicht aufhören zu weinen.

»Es tut mir so leid«, murmelt er wieder und drückt mich sachte an sich. Paradox, dass ich mich noch nie so sicher gefühlt habe.

Es dauert sehr lange, bis er mich vorsichtig hinlegt und ich aus diesem schützenden Käfig geschubst werde. In meinem Schritt brennt es, es brennt wie Feuer. Und ich kann mein Bein immer noch nicht heben.

»Es ist gebrochen.« Meine Finger fahren neben meiner Hüfte rauf und runter, das Zittern ist so unglaublich stark. Bis ich seine Hand finde und danach greife.

Er ist Halt.

»Wir gehen fort von hier, Caja. Ich bringe dich zu einem Arzt.«

Ich will nie wieder aufstehen. Ich will schlafen, in meinem Meer. Er bemüht sich, dass es nicht wehtut, als er mich hochhebt. Er gibt sein Bestes, aber er ist kein Zauberer. Nachdem er mich ins Bad gebracht hat, lässt er mich meinen Körper betrachten.

Der Spiegel müsste brechen.

»Du bist wunderschön.«

Als ich auf der Toilette sitze, schreie ich laut auf. Er passt auf, dass ich nicht vorne überkippe. Er hält mich. Dann bringt er mich in die Garage und legt mich auf die Rückbank seines Wagens.

»Brauchst du noch was?«, fragt er leise. Seine Augen scheinen zu schmelzen.

»Kann ich eine Decke haben? Mir ist kalt«, bitte ich. Er nickt stumm. Als er wiederkommt, mit einer Reisetasche beladen, die er auf den Beifahrersitz stellt, zieht er eine Steppdecke von seiner Schulter und legt sie über mich.

»Hast du es geschient?« Noch habe ich mich nicht getraut, nachzusehen.

»Nein. Habe nur ein paar nasse Tücher rumgewickelt.« Ich schenke ihm eine winzige Andeutung eines Lächelns, das er erwidert.

»Wir fahren eine Weile. Du solltest etwas schlafen.«

Ich werde schlafen, bis ich sterbe.

Es tröpfelt leicht, als ich zu mir komme, wie Regen. Er hat es tatsächlich geschafft. Es ist nicht einfach, sich zu bewegen, da mir etwas in der Nase klebt und an einem Schlauch wegführt. Die schneeweiße Decke ist bis zu meiner Hüfte hochgezogen und lässt das verletzte Bein frei. Es ist verbunden und in meinem Arm steckt eine Nadel. Rechts neben meinem Bett sitzt Casper. Nun ja, eigentlich liegt er. Den Oberkörper auf meine Matratze gebettet. Eine Schwester kommt rein und prüft die Geräte. Sie lächelt mir leicht zu, sagt aber nichts. Sie wird meine Sprache wohl nicht sprechen. Dann geht sie und ich dämmere wieder weg in einen tiefen, schmerzlosen Schlaf.

Diesmal ist er auch wach. Er sieht mich lange an, nimmt dann schweigend meine Hand und verschränkt unsere Finger miteinander. Irgendwann beginnt er zu erzählen. Sie haben mich operiert. Gestern schon.

»Du warst sehr lange ohnmächtig.«

Das kann ich mir vorstellen.

»Wie geht es jetzt weiter?«, frage ich leise, halte seinen Blick fest.

»Du musst noch ein paar Tage bleiben. Ich verstehe die hier zwar nicht wirklich, aber man hat mir irgendwie halbwegs gut übermittelt, dass du eine Gehirnerschütterung hast. Also, denke ich mal. Und du hast gebrochene Rippen.« Er spricht nicht weiter, weil jetzt nur noch eine Frage offenbleibt.

»Da unten ist nichts ernsthaft kaputt.« Erst muss ich nur grinsen, dann lachen. Er lacht nicht, sieht mich einfach nur irritiert an. Ich will mich aufsetzen, aber er schiebt mich an der Schulter wieder zurück.

»Brauchst du etwas?« Ich nicke, er ist noch vorgebeugt und ich lege meine Hand an seine Wange.

Er ist warm. Kurz vergesse ich das Zittern. Seine Augen lenken mich wieder ab, sie sind so tief und weich.

»Nicht«, halte ich ihn murmelnd ab, als er sich wieder setzen möchte, und er versteht. Meine Hand legt sich in seinen Nacken und ich tue das wohl Falscheste, was man mit seinem Entführer machen kann. Seine Finger umrahmen meine Schläfe und Luftballons steigen in meinem Magen empor.

»Darf ich?«

Ich antworte nicht. Mit meiner wenigen Kraft schließe ich die Lücke zwischen uns, die unmittelbare Distanz. Nie hätte ich es mir so vorgestellt. Er ist so sanft, so vorsichtig.

Er darf. Kein bisschen fordernd lässt er mich entscheiden, wo es langgeht. Ich muss in den Kuss hinein lächeln und spüre seine Hände an meiner Taille. Meinen Brustkorb versucht er, nicht zu berühren. Er weiß, dass ich Schmerzen habe. Doch auch ohne sein Zutun muss ich mich von ihm lösen, um zu husten.

Es tut weh, es tut plötzlich wieder so weh und mir ist schwindelig. Ich atme tief durch, was es nur noch schlimmer macht, obwohl ich weiterhin das Gefühl habe, immer weniger Sauerstoff einzuziehen. Es wird immer und immer weniger. Irgendwann habe ich Mühe, die Augen offen zu halten. Neben mir piept es, sehr laut, sehr nervtötend. Casper sagt irgendwas, aber ich verstehe ihn nicht. Endlich, endlich kommt eine Schwester und schaltet neben mir irgendein Gerät ein. Etwas leuchtet mir in die Augen. Ich will schlafen.

Die nächsten Stunden gestalten sich in immer wieder eintretenden Wach- und Schlafphasen. Hauptsächlich habe ich allerdings meine Augen geschlossen und warte darauf, dass die Schmerzmittel wirken. Durch den endlich zugeführten Sauerstoff durch das Röhrchen in meiner Nase geht es mir auch besser. Casper lässt mir Zeit, mich zu erholen, und spricht nur mit mir, wenn ich es auch wirklich möchte. Er will mich nicht überfordern, drückt nur hin und wieder seine Lippen auf meinen Handrücken oder meine Finger. Er ist einfach da und das ist nicht länger etwas, das mir Angst macht, nein, er ist so was wie ein Fels in der Brandung. Es klingt absolut bescheuert, aber er rettet mich. Er hält mich davon ab aufzugeben, wenn es zu sehr wehtut, er drängt mich sanft dazu, etwas zu essen, auch wenn ich nicht kann oder möchte. Ich weiß, dass er recht hat, absolut, und deswegen nehme ich auch an, was er sagt.

»Schlaf noch ein bisschen.« Ich tue nichts anderes mehr, denn er weicht nicht von meiner Seite und zieht sanfte Kreise über meinen Arm mit seinen Fingerspitzen. Wie die Pirouetten einer Ballerina, wie ein Tanz. Nein, es ist ein Lied. Eine Melodie in meinem Kopf, die mich sanft abdriften lässt.

Dreizehn

Die folgenden Tage sind ein ziemlich unangenehmes Spiel aus guten und weniger guten Intervallen. Mal geht es mir sehr schlecht, mal könnte ich Bäume ausreißen. Das Ganze wird durch gerade für mein Umfeld nicht so sahnige Stimmungsschwankungen unterstrichen. Ich schreie Casper an, weil mein Kopf wehtut. Fünf Sekunden später tut mir schon wieder leid, was ich gemacht habe, doch er drückt nur seine Lippen gegen meinen Handrücken und lächelt mich an. Vielleicht, weil er einiges wiedergutzumachen hat, vielleicht. Immerhin ist er der Grund für das alles hier. Und das weiß er. Auch wenn ich mittlerweile nicht mehr abstreiten kann, dass ich Gefühle für ihn entwickele, kann ich das nicht schönreden. Er lässt mich keine Sekunde allein. Immer wenn ich wach bin, ist er da. Selbst wenn ich wollte, könnte ich den Ärzten und Schwestern nicht signalisieren, dass ich immer noch seine Gefangene bin. Vielleicht hat er sie sogar bestochen, damit sie nicht die Polizei rufen, wer weiß? Würden sie mir helfen, wenn ich die Gelegenheit hätte, ihnen die

Wahrheit zu sagen? Wenn ich ehrlich bin, weiß ich im Moment selbst nicht, ob ich das tun würde, wenn sich die Chance böte. Was da zwischen ihm und mir passiert, verunsichert mich so sehr. Ich weiß nicht, wo mir der Kopf steht. Ich weiß nicht, ob ich ihn verraten kann, und ich weiß nicht im Geringsten, wie es weitergehen soll.

Der Tag, an dem ich entlassen werde, ist sonnig und warm. In Sibirien sind wir eindeutig nicht. Caspers Auto steht in der Tiefgarage des Krankenhauses und auf Krücken brauche ich eine Ewigkeit. Er hilft mir auf die Rückbank, damit ich mein Bein hochlegen kann, bevor er selbst einsteigt. Es steckt in einer riesigen Schiene und Casper hat die Schmerzmittel, die ich noch bekommen habe, in der Tasche verstaut.

»Wo sind wir eigentlich?«, frage ich, als er den Motor startet und anfährt.

»Im Ausland. Wir fahren jetzt nach Hause.«

Nach Hause. Dann werde ich meine Familie wohl nie wiedersehen.

Ich muss eingeschlafen sein, erst als eine Tür zufällt, wache ich wieder auf. Ich liege in Caspers Armen und er trägt mich in das mir bekannte Wohnzimmer. Mein Kopf tut weh, die Naht an meiner Seite brennt und ich will sterben, jetzt. Mein Atem geht unregelmäßig, das ist nicht normal. Mein Brustkorb scheint sich zu verengen und ich bin unendlich dankbar, als ich endlich eine Tablette bekomme, die mich benommen macht.

Es ist nicht echt. Es ist eine Täuschung, alles ist eine Täuschung. Das Denken, Casper nahe sein zu wollen, die Gefühle, die nicht da sein können. Ich meine, er hat mich fast umgebracht und zugelassen, dass ich vergewaltigt werde. Das ist im Grunde genommen genauso verwerflich wie das, was Erik selbst getan hat. Keine Ahnung, was mit mir los ist und warum ich mich bei ihm wohlfühle, aber es ist falsch. Minutenlang starre ich an die Decke und bekomme gar nicht richtig mit, dass ich wach bin. Erst als mir bewusst wird, dass ich blinzele und nachdenke, bin ich wieder klar bei mir. Die Schmerzen sind weniger geworden. Jetzt ist es eher ein hintergründiges Rauschen. Solange es mir so verhältnismäßig gut geht, sollte ich etwas tun. Ich muss. Bevor ich mich noch tatsächlich und wirklich in Casper verliebe, was ich im Moment absolut von mir weise, muss ich hier weg. Vorsichtig setze ich mich auf. Couch, Tisch, Zettel. Da liegt er. In einer überraschenderweise ordentlichen Handschrift, ein paar Zeilen, wo so viel mehr gesagt werden müsste. Worte, die niemals gesprochen wurden.

Bin nicht lange fort

Wahrscheinlich schon wieder da, wenn du aufwachst

Na, hoffentlich nicht. Aufmerksam lausche ich, achte auf jedes kleine Geräusch. Keine Schritte, keine Stimme, nichts. Ich bin so gut wie frei, endlich frei. Es fühlt sich falsch an, so zu denken, aber mein Verstand weiß, dass es richtig ist. Casper, oder viel mehr meine Haltung zu ihm – das alles ist eine Illusion. Es muss einfach so sein. Entschlossen schlage ich die über mich gebettete Decke zur Seite und kämpfe mich hoch. Ganz vertraut Casper mir wohl doch noch nicht, die Krücken kann ich nirgendwo sehen. Also muss ich ohne hier raus. Jedoch sollte ich vorher irgendwie jemanden kontaktieren. Mein geschientes Bein hinter mir her schleppend, humpele ich zur Kücheninsel und sehe mich um. Nirgendwo ein Telefon, nicht hier. Vielleicht hat er damit gerechnet. Mir läuft die Zeit davon und ich bin zu schwach, ihr zu folgen. Mir ist schwindelig. Bleib da, Caja, bleib um Gotteswillen da. Nicht umkippen, nicht jetzt.

Scheiße, Caja.

Und dann passiert etwas, was mir vielleicht das Leben rettet. Eine Melodie erklingt und erst verstehe ich gar nicht, kann es nicht realisieren. Das Telefon, es klingelt. Mich konzentrierend versuche ich die Töne zu orten. Meine Ohren führen mich Richtung Tür, wo eine kleine Garderobe eingerichtet wurde. Auf einem winzigen, runden Tisch liegt es und bei jedem Schritt kreischen meine Knochen, als würden sie brennen. Feuer, tatsächlich fühlt es sich so an. Doch ich schaffe es und mit bebenden Fingern, zittern kann man das nicht mehr nennen, nehme ich ab.

»Hallo?« Meine Stimme wackelt gewaltig, verflucht.

»Casper?« Ein Mann, da ist ein Mann am anderen Ende.

»Bitte, bitte helfen Sie mir«, krächze ich in den Hörer.

»Ich …« Hinter mir klickt der Schlüssel im Schloss und ich kann gar nicht so schnell reagieren, wie die Tür geöffnet wird.

»Bitte …«, will ich zum letzten Mal ansetzen, doch Casper ist im Gegensatz zu mir seiner Sinne vollständig mächtig und weiß, was er tun muss. Seine Hand presst sich auf meinen Mund.

»Scheiße«, stößt er heraus. Gedämpft schreie ich auf. Tränen laufen über seine Finger, doch er löst seinen Griff kein Stück.

Ich habe verloren, das war's. Aus den Augenwinkeln sehe ich, wie er den Anruf sofort beendet. Noch sind meine Arme frei, ich boxe mit den Ellbogen nach hinten und scheine ganz gut zu treffen.

»Hör auf damit«, ächzt er und drückt meinen Kopf in den Nacken. Es bringt nichts, aber mein Schreien erstirbt nicht.

»Jetzt sei endlich still!«, herrscht er mich an.

Doch das hier ist mein letzter Ausweg, vielleicht schaffe ich es ja irgendwie, ihn zu Fall zu bringen. Noch ehe ich das irgendwie verwirklichen kann, legt sich seine andere Hand auf meinen Hals. Er drückt zu und ich weiß, was er vorhat. Er will mir die Macht über meinen Körper nehmen. Und das wird er wohl allem Anschein nach schaffen. Aus meiner Kehle kommt kein Hilferuf mehr, sondern ein Krächzen, gedämpft durch seine Handfläche. Ein Würgen, ohne erbrechen zu müssen. Er drückt ab, bis es flimmert.

»Es wird alles gut.« Ich hätte ihn töten sollen, als ich die Chance dazu hatte. Und das Schlimme an diesem Gedanken: Alles zieht sich in mir zusammen, die Einbildung, ihn zu lieben, ist stark. Doch das ist irrelevant, denn wie kalte, schwarze Tücher verdunkelt sich mein Dasein und mein Blick verdreht sich. Niemals wiedersehen, schöne Welt, du hässliche Missgeburt.

Ich weiß nicht, was mit mir los ist, aber mein Körper ist noch nicht bereit zu gehen, wobei mein Geist ganz anderer Meinung ist. So ein mieser Verräter. Mein Zusichkommen gleicht einer Hypnose, alles dreht sich und ich bin nicht fähig, etwas zu fixieren. Das macht mir Angst, weswegen ich die Augen schnell wieder zusammenkneife. Ich selbst spüre mich kaum, kann nichts orten. Nur auf mein

Gehör ist noch halbwegs Verlass. Denn ich höre nur meinen Atem und den von Casper. Es muss seiner sein, wessen auch sonst? Nach einer Weile schaffe ich es nochmals zu blinzeln und sehe nur das Leder von seinem Auto. Mein Gesicht richtet sich auf den Fahrersitz, mein Körper ist, wie schon so oft, auf die Rückbank gelegt. Er hat mich gefesselt und den Mund kann ich nicht öffnen. Ein Tuch zieht meine Mundwinkel unangenehm auseinander. Jedoch merkt man, dass Casper es eilig hatte wegzukommen. Ziemlich fahrlässig von ihm, meine Handgelenke vor dem Bauch zusammenzubinden. So kann ich leicht nach dem Knebel greifen, um mich von ihm zu befreien. Augenblicklich bekomme ich etwas besser Luft. Mehr kann ich nicht tun, nur auf das warten, was kommt. Ich schließe die Augen.

Irgendwann halten wir und Casper öffnet die Tür, die meinem Kopf nahe ist. Meine Lider bleiben unten, Casper dreht mich komplett auf den Rücken und greift dann unter meine Arme. Er zieht mich behutsam raus, alles Grobe ist verschwunden. Er schafft es, mich trotz meiner großen Schiene am Bein zu tragen, während ich meinen Blick nur einen Spalt breit öffne.

»Ich weiß, dass du wach bist. Schon, seit ich dich aus dem Auto gehoben habe.« Seine Stimme ist völlig neutral. Ich wage nicht, ihn anzusehen.

»Deine Arme wären sonst nach oben geklappt.«

Jetzt tue ich es doch und Tränen sammeln sich zu einem Meer.

»Ist schon gut«, murmelt er und küsst mich auf die Stirn. Richtig ist es nicht. Das, was ich fühle, meine ich, das ist völlig verrückt. Falls ich jemals von ihm los bin, wird auch das Kribbeln in mir zerfallen, wie die Asche eines Toten. Einfach so, ganz selbstverständlich. Da bin ich mir sicher.

»Alles wird gut.« Und dann, dann bringt er mich in das Haus. Das Haus, in dessen anliegendem See ich fast ertrunken wäre. Das Haus, auf dessen Wiese ich meiner Unschuld beraubt wurde. Das Haus, das ich womöglich erst tot wieder verlassen werde. Denn wenn er mich nicht tötet, und er wird den Fehler mit dem Telefon nicht nochmal begehen, werde ich das irgendwann selbst tun.

Eine Kugel in den Kopf, alle Gedanken an ihn verbrannt. Eine Schlinge um den Hals, der Atem seines Kusses erstickt. Ein Messer in den Bauch, alle Motten und Falter zerfetzt.

Vierzehn

Stumm starre ich geradeaus durch die große Fensterfront auf die ebenmäßige Oberfläche des Sees. Hier und da springen kleine Punkte nach oben und breiten sich zu großen Kreisen aus. Mein Blick schweift kurz über mein Bein. Casper hat die Schiene abgemacht, damit ich nicht alleine aufstehen kann, ohne vor Schmerz zusammenzubrechen. Er tut das, damit ich nicht wieder weglaufen kann. Die Stelle, wo sie mich aufgeschnitten haben, ist rötlich und geschwollen. Ordentlich waren die nicht gerade, aber darum ging es Casper auch wohl kaum. Ich weiß eigentlich nicht mal, ob ich von den Ärzten oder selbstständig entlassen wurde. Meine Tage im Krankenhaus waren nicht vielzählig und die Kopfschmerzen, die ich habe, zeigen, dass meine Gehirnerschütterung noch nicht auskuriert ist. Vorhin ging das wenigstens noch mit meinem Bein, aber in den wenigen Stunden, die ich jetzt hier auf der Couch sitze, hat es sich verschlimmert. Wahrscheinlich entzündet es sich, was meinen Tod bedeuten kann. Doch was würde das schon ausmachen? Meine Phasen der Bewusstlosigkeit würden ja letztendlich nur verlängert werden. Casper kommt mit nassen Haaren ins Wohnzimmer und zieht sich ein Shirt über. Ich zwinge mich, nicht hinzusehen.

»Wie geht's dir?«

Schulterzucken.

»Brauchst du etwas?«

Kopfschütteln. Er soll mich in Ruhe lassen. Das tut er und ich kann schlafen.

Mir ist schlecht, scheiße schlecht, als ich aufwache. Ich drehe mich nur noch über die Kante und übergebe mich. Meine Haare fallen mir ins Gesicht und verdammt, nein, da ist niemand, der sie total fürsorglich zurückhält. Casper scheint nicht da zu sein, niemand kommt. Schweißgebadet lehne ich mich zurück. Mein Kopf pulsiert und ich scheine wieder Fieber zu haben. Will gar nicht wissen, wie die Naht aussieht. Obwohl ich so gerne aufstehen und meinen Mund ausspülen will, traue ich mich nicht, mich zu regen. Vielleicht schaffe ich es ja mit Krücken. Die lehnen einige Meter von mir entfernt. Noch ehe ich richtig überlegen kann, stütze ich mich von den Polstern weg und rutsche in mein Erbrochenes. Ich muss wieder würgen, aber mehr geschieht nicht. Dann zwinge ich mich, tief durchzuatmen. Sobald mir das gelingt, spüre ich erst, wie sehr mein Oberschenkel wehtut.

Hack es ab, zur Hölle, hack es ab.

Nur schleppend kann ich mich zu den Krücken

ziehen und weiß schon, bevor ich da bin, dass ich mich nie im Leben hochstemmen kann. Doch das ist egal, denn schon bevor ich an die Krücken rankommen kann, rutsche ich ab und verliere den Halt.

Ich habe keine Ahnung, wie lange ich ohnmächtig war. Tausend Jahre oder mehr bestimmt. Verkrümmt liege ich auf dem kalten Boden. Habe nicht die Kraft, mich zu bewegen. Meine heiße Wange drückt sich auf die Dielen und irgendwann fange ich an zu weinen. Das Brennen und Hämmern in meinem Kopf ist in den Schenkel gerutscht.

Wann fällt es endlich ab? Wann?

»Caja, Caja, was hast du nur angestellt?«, raunt es in mein Ohr und ein Arm schlingt sich unter meinem Bauch durch und dreht mich um. Ich schreie auf, *schneidet mein Scheißbein ab*, weine, weine, weine und will in eine andere Galaxie geschossen werden.

»Ich wollte … ich wollte nur … nur trinken«, murmele ich, als das Flimmern einsetzt und alles etwas unscharf wird, bevor es wieder kurz aufklart.

»Nicht wieder ohnmächtig werden, bleib bei mir«, fordert Casper, doch das Leben ist kein Wunschkonzert.

Fetzen aus Worten und Gedanken meiner eigenen und einer anderen Stimme folgen, ich komme nicht mehr mit.

und jetzt hast du mich geholt und ich habe dir gesagt lass die kleine im see und du hast nicht gehört und ich hab dir gesagt, lass mich raus aus der scheiße. ich hatte meinen spaß und jetzt brauchst du mich und ist mir egal ob mitgehangen mitgefangen, bruder. wir sind nicht die drei musketiere und sie ist dein scheißproblem und eriks. und ist mir egal ob er sie gefickt hat oder nicht, ist mir alles egal

hack.es.ab.

schlitzt ihr schwarzes herz auf und lasst ihre flüssige seele durch ein sieb gleiten. achtet darauf, dass sie wirklich und sicher tot ist und dann ergötzt euch an ihren knochen. esst ihre haare und schluckt ihre augen, wie kleine bonbons. sie wird euch schmecken, ohja, sie wird euch schmecken.

»wieso schreit sie so.«

»sie träumt.«

Wasser tropft auf meine Stirn, fließt an den Rand und läuft in den Haaransatz. Ich bin wieder da, mehr tot als lebendig. Ich habe nicht mehr die schmutzigen Sachen an. Nur ein großes T-Shirt und die Unterwäsche, die ich im Krankenhaus bekommen habe. Diese halbtransparenten Dinger. Eine Hose trage ich nicht, mein Bein wäre wahrscheinlich explodiert, bei dem Versuch, eine anzuziehen.

»Trink was.« Und ich schlucke und schlucke und sauge die Flasche ein.

»Sie muss was essen.« Das war nicht Casper. Die Stimme kommt mir bekannt vor. Es ist der Dritte, der Typ, der mit dabei war und mich entführt hat. Wusste ich mal seinen Namen? Ist das wichtig? Er reicht Casper weiches Brot und ich muss kauen und schlucken und würgen und kotzen.

»Schon gut«, versucht Casper mich zu beruhigen.

»Nichts ist gut.«

Er nickt, nichts ist gut.

»Und er ist jetzt auch zum Vögeln da, oder wie?« Ich sehe niemanden an, blicke geradeaus und kräusele meine bitteren Lippen.

»*Er* ist da, um dein Scheißleben zu retten.«

Oh, mein Schatz, da kann ich nicht mal mehr lachen.

»Ich werde jetzt gehen.« Der Typ grunzt auf, soll wohl ein Kichern sein. Ich stemme mich hoch. Casper will meinen Arm greifen, aber ich entziehe mich ihm.

»Caja, du tust dir nur weh.«

»Ich bin eh schon kaputt«, presse ich hervor und greife mit zitternden Fingern nach meinem von alleine nicht bewegbaren Bein. Tränen schießen mir in die Augen und ich brülle kurz auf. Verdammte Kacke. Ich kann mich nicht aufrichten.

»Hör lieber auf ihn, machst es doch eh nur schlimmer«, herrscht mich der Kerl an, doch ich blende ihn aus, und sei es das Adrenalin oder einfach Größenwahn – ich haue Casper eine rein. Als er mich zurückschieben will, hole ich aus und treffe mit der Faust sein Gesicht.

»Fass mich nicht an!«

Das Folgende passiert so schnell, dass ich gar nicht recht realisiere, was ich da schaffe. Casper taumelt zurück, während ich einen Schritt nach vorne mache. Ab meinem Becken ist alles taub. Meine einzige Chance, zu humpeln, ohne zusammenzubrechen. Was geschieht mit mir? Der Typ will um den Couchtisch zu mir kommen, doch ich stoße ihm die Tischplatte gegen sein Schienbein. Er jault, ich gehe. Ich gehe Stück für Stück und greife nach allem nicht fest Montierten, an dem ich vorbeikomme. Vasen, Fernbedienungen und Bücher werden hinter mich geschleudert. Ich treffe nicht, aber gewinne Zeit durch ihr Ausweichen. Fast hätte ich das Handy auf dem Regal auch nach hinten geworfen, doch meine bebenden Hände schaffen es, zu widerstehen. Ich laufe noch ein winziges Stück bis zur nächsten Wand.

Wie war die Nummer? Was muss ich sagen? Und wie zur Hölle heiße ich?

Doch meine Zeit ist um, ich hatte meine Möglichkeit und jetzt ist sie verspielt. Meine Oberarme werden gegriffen und ich ramme meinen Ellbogen schreiend nach hinten.

»Lass mich los, rühr mich nicht an!«, heule ich und versuche mich aus den Händen zu winden. Kurz löst sich die Umklammerung, wodurch ich mein Gleichgewicht verliere. Halt suchend schnellen meine Hände nach vorne und fassen das Brett des Bücherregals. Doch ich falle bereits und der Schrank mit mir.

Es geht so schnell. Mein Rücken prallt auf den Boden. Luft wird aus meinen Lungen gepresst, am Rande meines Blickfeldes rollt Casper sich gerade noch aus der Schussbahn. Meine Finger und das linke Handgelenk, das durch den Sturz komplett überstreckt und nach unten gedrückt wird, bis meine Fingerknöchel den Unterarm entgegengesetzt der richtigen Bewegung berühren, kann ich nicht mehr wegziehen, bei dem Versuch neben dem Regal aufzukommen. Meine Hände stecken zwischen Erde und Holz und ich höre sie brechen, wie die Zweige eines Baumes. Und ich schreie so laut auf, dass meine Brust wehtut und mir schwindelig wird. Meine Oberarme zucken immer wieder nach oben, obwohl das Stechen dadurch schlimmer wird, aber ich kann mich einfach nicht beruhigen.

»Atmen, Caja, atmen.« Doch ich kann nicht

atmen. Umso mehr Luft ich einziehe, desto weniger kommt in mir an.

»Nimm das Scheißding von ihr runter, sie hyperventiliert.« Ich kann nicht zuordnen, wer das sagt.

»Caja, konzentrier dich jetzt! Du musst jetzt normal Luft holen, sonst wirst du bewusstlos.« Ich versuche es, aber ich kann mich nicht fokussieren. Sobald das Mistding von mir und meinen Händen runter ist, schaffe ich es irgendwie, mich aufzusetzen und meine Finger anzustarren.

Und dann ist es vorbei, endgültig vorbei mit meiner Coolness. An der rechten Hand knickt der obere Teil der einzelnen Finger in die falsche Richtung weg. Sie hängen jetzt schief über meinem Handrücken. Selbst mein rechter Daumen klappt ungesund weg. Meine linke Hand sieht seltsam nach hinten gebogen und verzerrt aus. Das Handgelenk scheint überspannt, so als hätte man die Sehnen mit einer Schere durchgeschnitten.

Schnipp schnapp, einziges Abwehrmittel ab.

Fünfzehn

Drei Wochen nach Livis vierzehntem Geburtstag verschwand sie. Man fand sie in einem Fluss, nachdem die Polizei sie mit einem Großaufgebot eine Woche lang gesucht hatte. Sie war weggelaufen, vor ihm, vor all den Qualen, die sie durchleben musste.

Ihre Leiche war einige Kilometer von ihrem Elternhaus entfernt angespült worden. Bereits von der Witterung und langsam eintretenden Verwesung gekennzeichnet, entdeckte ein Jogger sie mit einem Loch, groß wie ein Krater im Schädel. Nach der Obduktion war man sich einig, dass sie nicht ermordet wurde.

Sie hatte es selbst beendet.

Natürlich suchte man dann nach Gründen. Wieso wollte ein gerade mal vierzehnjähriges Mädchen nicht mehr leben?

Doch Livi hatte es ihnen einfach gemacht – sie schrieb einen Abschiedsbrief, bevor sie zu der nahegelegenen Brücke lief, den Lauf der Pistole an ihre Schläfe hob und abdrückte.

In ihrem Brief schilderte sie alles, was sie in den letzten Jahren durchmachen musste. Sie berichtete von all der Gewalt, all dem Missbrauch, all der Ungerechtigkeit, die ihr widerfahren war.

Da man an ihrem leblosen Körper die DNA ihres Stiefvaters fand, Erik vor der Polizei alles erzählte, was er bis zuletzt in sich hineingefressen hatte, und auch Casper Livs Geschichte bestätigen konnte, brach der Täter unter der erdrückenden Beweislast zusammen und gestand.

Seine Mutter erlitt nach dem Tod ihrer Tochter einen psychischen Kollaps und wies sich selbst in eine Klinik ein.

Erik war von nun an allein. Er hatte nur noch Casper und Lejs, was ihm mehr schadete, als es ihm half.

Denn – und das war vermutlich das Schlimmste an Livs Tod – Lejs missbrauchte ihre Verzweiflungstat dafür, weiteren Hass zu schüren.

Am Tag ihrer Beerdigung verfiel Erik wieder der alle Trauer ertränkenden Wirkung des Alkohols und vor allem verfiel er Lejs Hetze, als die drei jungen Männer in schwarzen Anzügen in einer Kneipe saßen und Schnaps in sich kippten. Mit ihren sechzehn und siebzehn Jahren waren sie eigentlich viel zu jung, um in solch eine Lokalität gelassen zu werden, aber keiner wagte es, sie darauf anzusprechen.

Vielleicht lag das daran, dass Erik in seinem Schmerz ertrank oder an der Selbstsicherheit, die Lejs ausstrahlte, durch die er älter aussah, als er war.

Vielleicht lag es auch einfach an ihrer Kleidung, die sie erwachsener wirken ließ.

»Eigentlich«, hickste Erik nach seinem achten Glas, »ist das alles meine Schuld.«

Lejs, der sich zwar auch ein alkoholisches Getränk bestellt hatte, aber nur daran nippte, schüttelte den Kopf und legte seinem Freund eine Hand auf die Schulter. Casper starrte ausdruckslos auf seine Hände. Bisher hatte er sein Glas nicht angerührt.

Noch hatte Lejs sich zurückgehalten, aber jetzt war der richtige Zeitpunkt für seinen letzten, wichtigen Schritt, Erik und Casper regelrecht zu erziehen. Mit Erik würde er es leichter haben als mit Casper, das wusste er, weil Erik vollkommen betrunken war und somit viel zugänglicher. Aber auch Casper würde er überzeugen können. Das hatte er bis jetzt immer geschafft.

»Es ist nicht deine Schuld«, setzte Lejs mitfühlend an und zwang Erik, ihn anzusehen. »Sie ist weggelaufen. Sie hat es selbst beendet. Sie hat dich verlassen.«

Einen Moment war es mucksmäuschenstill am Tisch. Keiner wagte es, zu atmen.

Dann gab es einen lauten Knall, Gläserklirren und einen wütenden Aufschrei.

»Spinnst du eigentlich? Sie ist gegangen, weil er sie jahrelang vergewaltigt hat. Sie hat es nicht mehr ausgehalten!«, stellte Erik mit bebender Stimme fest, wobei er sich bemühen musste, nicht zu lallen.

»Aber sie ist gegangen, richtig? Sie hätte bei dir bleiben können. Ihr hättet zusammen eine Lösung finden können.« Während Lejs das mit seiner leisen, eindringlichen Stimme sagte, fegte er die Scherben von dem Glas, das Erik zerscheppert hatte, mit der flachen Hand zusammen. »Sie ist weggelaufen, Erik. Das war ganz allein ihre Entscheidung.«

Erik öffnete den Mund, wollte Lejs wieder anbrüllen, aber er schaffte es nicht, weil er in Tränen ausbrach, ehe auch nur ein Ton über seine Lippen kam.

»Es ist nicht deine Schuld, das war es nie!«, beteuerte Lejs ruhig, während sein gebrochener Freund die Finger in den Haaren vergrub und entsetzlich schluchzte.

»Sie ist weggelaufen«, wiederholte Lejs ein letztes Mal.

Das reichte aus. Mehr musste er nicht tun.

Jetzt war es nur noch Casper, den er diesen vollkommen irren Gedanken ins Ohr setzen musste. Überraschenderweise legte der Lejs selbst eine Steilvorlage dafür, nachdem er sein Glas an die Lippen setzte, das Getränk in einem Zug leerte und auf den Tisch sinken ließ.

Er zeigte es nicht so wie Erik, aber auch er war gebrochen. Liv war so etwas wie eine Schwester für ihn geworden und jetzt hatte er sie verloren. Leider machte ihn das noch labiler, als Lejs zu hoffen gewagt hatte. Nun brauchte es nur noch einen letzten, entscheidenden Schubs.

»Wenn du Liv die Schuld an dem Ganzen gibst, dann denkst du sicher auch, dass meine Mutter mich einfach so verlassen hat«, presste Casper hervor, während er seine Finger eng um das geleerte Glas schloss. Seine Knöchel traten schon weiß hervor.

»Hat sie das nicht?«, fragte Lejs nüchtern.

Caspers entsetzter Blick schoss zu ihm. »Sie ist gestorben, nachdem sie sehr lange krank war.«

Lejs nickte vermeintlich verständnisvoll. »Aber sie hat dich alleingelassen, richtig? Sie hat dich im Stich gelassen. So sehr, dass du fast verrückt geworden bist mit – wie alt warst du nochmal? Sieben, acht?«

Casper konnte es nicht fassen. Er liebte seine Mutter, er liebte sie immer noch und das, was Lejs sagte, war zwar richtig, aber seine Mutter hatte sich nie dafür entschieden, zu gehen.

Aber sie hatte es getan.

Und danach war es bergab gegangen mit ihm, auch das stimmte.

»Ich will dir wirklich nicht wehtun, Mann, aber denkst du nicht, dass es ziemlich offensichtlich ist? Frauen sind grausam, nichts weiter. Das wissen wir drei am allerbesten.«

Erik ließ resignierend den Kopf auf die Tischplatte sinken. Casper schüttelte ungläubig den Kopf.

Mittlerweile wusste er selbst nicht mehr, was er denken sollte.

Und Lejs, Lejs triumphierte. Seine ganze Kindheit lang hatte er nicht die Kontrolle über das gehabt, was passierte. Seine Mutter war gegangen und er hatte es nicht verhindern können, was ihn unglaublich wütend und hilflos gemacht hatte.

Aber jetzt hatte er die Fäden in der Hand, die seine besten Freunde steuerten.

Jetzt hatte er die Kontrolle.

Weil er wusste, dass er Casper damit noch etwas weicher klopfen konnte, bestellte er noch eine Runde. Für Erik gab es ein Wasser, der hatte bereits genug.

Bei ihm hatte Lejs subtiler Plan gefruchtet. Bei Casper war er kurz davor.

»Sie müssen dafür bezahlen«, nuschelte Casper einige Zeit und eine gewaltig lange Rechnung später.

»Das müssen sie, Mann«, bestärkte Lejs ihn, der damit zu kämpfen hatte, seine beiden Freunde aus der Kneipe raus zu manövrieren. Dennoch umspielte ein diabolisches Lächeln seine hübschen Lippen.

Bis nach Hause war es nicht weit. Die Straßen waren nahezu leer, die Nachtluft klar, aber sie vermochte es nicht, ihre erhitzten Gemüter abzukühlen.

Das Mädchen, das ihnen nur ein paar Straßen weiter über den Weg lief, hatte Pech gehabt. Wäre sie nur zehn Minuten später von ihrer Freundin aus losgelaufen, hätte sie den sicheren, aber längeren Weg nach Hause gewählt; wäre sie einfach an einem anderen Ort zu diesem Zeitpunkt gewesen, dann hätte sie nicht leiden müssen.

All die Wut, die Casper nicht identifizieren konnte, weil er betrunken und verzweifelt war, ließ er an diesem armen, jungen Mädchen aus. Und Erik machte mit, weil es ihm genauso erging. All die Jahre war er zornig und machtlos gegen seinen Stiefvater gewesen. Durch Lejs' manipulative Art projizierte sich dieser Zorn nun auf seine Schwester.

Sie war weggelaufen.

Sie hatte sich umgebracht.

Sie hatte ihn verlassen.

Das Kartenhaus brach in sich zusammen, alles brach zusammen und Casper und Erik errichteten auf dem Trümmerhaufen ein Fundament des Hasses.

Blind und taub für ihre Schreie, schlugen und traten sie auf das arme Ding ein, das alles abbekam, wofür sie überhaupt nichts konnte.

Sie war einfach zur falschen Zeit am falschen Ort gewesen. Dafür musste sie jetzt bezahlen.

Hätte man sie nicht zum Schweigen gebracht, hätte man ihre Schmerzensschreie wahrscheinlich durch die ganze Nacht gehört.

Die drei Jungen, vielmehr waren sie eigentlich nicht, hörten erst auf, als ein Passant sie sah und die Polizei verständigte. Doch die war nicht schnell genug und es war zu dunkel gewesen, um diese grausamen, brutalen Täter zu identifizieren.

Sie überlebte. Zwar nur knapp und nur durch eine mehrere Stunden andauernde Notoperation, aber sie überlebte. Fast jeder erdenkliche Knochen in ihrem Körper war gebrochen oder zumindest angeknackst, die Milz gerissen und die Lunge gequetscht. Das Schlimmste aber waren ihre Blutungen im Gehirn, die dafür sorgten, dass sie bis an ihr Lebensende an diese schreckliche Nacht erinnert werden würde, denn sie würde bis zu ihrem Tod Lähmungen in großen Teilen ihrer Gliedmaßen davontragen.

Falls sie überhaupt wieder in der Lage sein würde, sich an irgendwas zu erinnern oder überhaupt klar zu denken.

Ihre Peiniger wachten am nächsten Morgen mit einem Schädel kurz vorm Platzen und dem Drang, sich zu übergeben, in Eriks Zimmer auf. Bis auf Lejs ging es ihnen miserabel. Der hatte bereits seelenruhig Frühstück und eine Zeitung besorgt, in der ein Bericht der örtlichen Polizei zu den Geschehnissen letzter Nacht abgedruckt war. Man bat nach Hinweisen, die man mit viel Geld belohnen würde, weil bisher nur die Tatsache, dass es drei Täter gegeben hatte, sicher war.

Lejs lächelte, während er den kleinen Artikel las, bevor er zur nächsten Seite blätterte und den Rest überflog, bis seine Freunde irgendwann ihren Weg in die Küche fanden und schweigend begannen, zu essen.

»Wir sollten uns stellen«, murmelte Casper, der ein Glas Wasser mit einer gehörigen Portion Aspirin runterkippte, um die Kopfschmerzen halbwegs erträglich zu machen.

Lejs gab nur ein amüsiertes Lachen von sich. »Um dann in den Bau zu gehen? Bist du irre?«

Erik sagte nichts, stocherte nur wortlos in seinem Rührei herum, während er sich konzentrieren musste, nicht auf den Teller zu kotzen.

»Wir haben es echt übertrieben. Wer weiß, ob sie das überhaupt überlebt hat«, sagte Casper leise, eine Spur schuldbewusst.

»Hat sie. Und selbst wenn sie es nicht hätte – wir waren uns doch einig, oder? Sie hat es verdient.«

Casper schnaubte. »Hat sie nicht. Sie hatte nichts damit zu tun, was uns widerfahren ist.«

»Aber sie ist eine Frau und die sind alle gleich. Früher oder später hätte sie irgendwas getan, womit sie es sich sehr wohl verdient hätte, wenn sie das nicht schon längst hat. Wir haben der Männerwelt einen Gefallen getan. So, wie die geröchelt hat, würde es mich wundern, wenn die jetzt noch irgendwas anderes kann, als zu sabbern.«

Lejs Worte trafen seine Freunde wie ein Fausthieb, aber sie widersprachen nicht. Casper tat es nicht, weil er Angst hatte, wirklich ins Gefängnis zu kommen, und Erik, weil Lejs' Worte von letzter Nacht gefruchtet hatten.

Sie waren so wirkungsvoll gewesen, dass sie sogar stärker als die Liebe zu seiner süßen, kleinen Schwester waren.

Das Mädchen, das nie mehr ganz gesund werden würde, blieb nicht ihr einziges Opfer. Einige hatten sogar erst Sex mit einem von den immer hübscher werdenden jungen Männern, bevor sie ihr blaues Wunder erleben mussten.

Sie alle, alle konnten nicht das Geringste für das, was man ihnen antat.

Mit jedem Tritt, jedem Schlag, jeder weiteren Demütigung wurden Casper und Erik tauber. Es wurde zur Routineangelegenheit und irgendwann erschraken sie nicht mehr vor sich selbst, weil sie sich daran gewöhnt hatten, so zu sein, so zu handeln, immer mehr zu verderben.

Nach einer Zeit wurde es so schlimm, dass Erik das tat, wofür er seinen Stiefvater so sehr verachtet hatte.

Und er fand Gefallen daran.

Langsam verstand er sogar, warum dieser Mann, den er jahrelang hasste, diese grausamen Taten begangen hatte.

Weil es sich gut anfühlte. Und weil es den Schmerz

betäubte. Weil es so viel effektiver war als Alkohol, dem er ebenfalls verfallen war.

Irgendwann hörten sie auf, sich zu fragen, wie es so weit kommen konnte. Sie genossen es nur noch oder verdrängten die Schuldgefühle, die sogar ausblieben, als einiges an Zeit verstrichen war.

Es fühlte sich gut an, die Kontrolle zu haben.
Es fühlte sich gut an, ihnen wehzutun.
Es fühlte sich gut an, ihr Blut fließen zu sehen.
Und es fühlte sich gut an, Rache zu üben.

Sechzehn

Die Arme weit von mir gestreckt, lässt Casper mich an seine Brust lehnen, während mein Bein wieder geschient wird. Der andere Typ hält meine Waden fest, als Casper mich hochhebt und aus dem Schutt trägt. Ich will nicht hinsehen und doch ist der Blick auf meine Hände so anziehend. Ich werde sie alle verlieren, meine Finger, meine ich. Alle. Jeden einzelnen.

Was ist falsch mit dieser Welt?

»Es wird alles …« – »Scheiße, Casper, sag nicht, dass alles gut wird!« Und dann passiert etwas, das noch nie passiert ist. Er ist komplett und überhaupt total ratlos. Während er auf der Couch und ich auf seinem Schoß sitze, hält der andere Kerl immer noch meine Beine hoch.

Casper sagt nichts, er sagt nichts, ich heule.

»Und … und wenn wir uns stellen?«

Mein Herzschlag setzt für gefühlte Stunden aus, das hat Casper gerade nicht wirklich gesagt.

»Ist dir auch ein Regal auf den Kopf geknallt, oder was ist los?«, faucht sein Kumpel schon fast.

»Sieh sie dir doch an.«

»Sieh uns an, verdammte Kacke. Wir wandern beide in den Knast, wegen ihr.«

»Wegen mir, Lejs.« Casper starrt mich an. Sein Blick durchbohrt meinen, doch ich kann nicht wegsehen. Er meint es vollkommen ernst. Es ist ekelhaft, dass alles in mir kribbelt, sollte man meinen, aber es ist wie es ist. Ich könnte mir jetzt sonst was einreden, aber im Endeffekt bringt mich das auch nicht weiter. Casper gesteht sich gerade selbst und vor anderen seine Schuld ein.

Er gesteht sie vor seinem Freund ein.

Ich bin nicht weiterhin die dumme Schlampe, die zu blöd war wegzulaufen, sondern ich habe Pech gehabt. Warum auch immer sie mich entführt haben, ob geplant oder nicht, das lag nicht in meiner Verantwortung.

Ich bin nicht schuld.

»Junge, mach jetzt keinen Scheiß. Egal ob du den Helden spielen willst oder was auch immer das werden soll – ich werde da mit reingezogen. Sei kein egoistisches Arschloch!«

Casper wendet seinen Blick ab und sieht jetzt Lejs an. Er mustert ihn sehr lange und eindringlich, bis er antwortet.

»Und dich habe ich für meinen Freund gehalten.« Lejs lässt meine Beine los, wodurch ich einen Schrei nicht unterdrücken kann.

»Ich will uns nur den Arsch retten«, ignoriert er meinen Schmerz.

»Du willst vor allem *deinen* Arsch retten.« Caspers Daumen streicht dort, wo er meine Kniekehlen hält, beruhigend über meine Haut. Ich kann mich nicht zusammenreißen, dafür tut es zu sehr weh.

»Jetzt halt doch endlich dein Maul«, fährt Lejs mich an.

»Sieh zu, dass du von hier verschwindest, bevor die Bullen kommen und ich noch dafür verantwortlich gemacht werde, dass du eingebuchtet wirst«, entgegnet Casper nur kühl, bevor er aufsteht. Er dreht sich um und setzt mich auf der Couch ab. Mit einer einfachen Kopfbewegung bedeutet er mir, zu warten.

Obwohl sein Blick ernst ist und er wirklich verletzt zu sein scheint, ringt er sich ein winziges Lächeln für mich ab.

»Du bist immer noch da«, stellt er in Lejs' Richtung fest, ohne sich umzudrehen. Mit seinem Oberkörper und dem breiten Kreuz versperrt er mir die Sicht auf den Besagten. Als er sich aufrichtet, gleitet seine Hand zur Hosentasche. Wahrscheinlich verstaut er dort sein Handy.

Doch er kommt nicht dazu, es herauszuholen, denn Lejs reagiert schneller als ich und schneller, als Casper begreifen kann, was geschieht. Er legt seinen Arm mit einem Ruck um Caspers Kehle und zieht ihn nach hinten. Es ist zu spät, ihn zu warnen, denn da ist er schon gute zwei Meter von mir entfernt.

»Im Ernst, Mann, das würdest du bereuen. Früher oder später.« Casper ist immer noch in seinem Würgegriff und mir bleibt der Atem weg.

Laut schreie ich auf, aber wer hört uns schon?

»Scheiße, lass mich los!«, ächzt Casper, während sich sein Gesicht allmählich ungesund verfärbt.

»Ich bring uns alle weg von hier, ich versprech's. Ich lass dich nicht im Stich, Mann.« Mittlerweile brülle ich, ich schreie ihn an, Casper loszulassen, doch das kümmert ihn herzlich wenig. Ich kann nichts tun, gar nichts und das kotzt mich an. Planlos sehe ich mich um, aber finde nichts, mit dem ich sie abwerfen und Caspers nahende Bewusstlosigkeit verhindern könnte.

Es ist seltsam, aber Casper ist wie eine Sanduhr. Er läuft vor mir ab und dann erschlafft er. Das Glas bricht, der Sand stürzt heraus und Lejs lässt ihn auf die Erde sinken. Bis dahin hat er mich nicht einmal angesehen seit dem aussichtslosen Versuch, meiner einzigen Rettung zu helfen.

Lejs atmet schwer, als hätte er jemanden ermordet, aber Casper lebt noch. Sein Oberkörper hebt und senkt sich kaum merklich, während er sich sonst nicht regt.

»Tja, Babe, dann bist jetzt wohl du dran.«

Und jetzt bin ich an diesem gewissen Punkt angelangt, an dem ich ihm vollkommen ausgeliefert bin. Ich kann weder laufen noch meine Hände einsetzen. Lejs grinst mich an, bevor er zur Kücheninsel geht. Er reißt mehrere Schränke auf, findet aber nicht, was er sucht.

»Warte hier.« Wow, wirklich? Als er verschwunden ist, sehe ich zu Casper.

»Wach auf. Bitte, bitte wach auf«, kommt es nur gepresst aus meiner Kehle. Doch er wacht nicht auf. Zumindest nicht sofort, denn Lejs ist wieder da. Klebeband zwischen Daumen und Zeigefinger. Er lässt es um sie herum kreisen, als wäre das hier ein Spiel.

Vielleicht ist es das ja für ihn.

Zuerst widmet er sich Casper, dem Jungen, mit dem ich auf unerklärliche Weise so verbunden bin. Er macht ihn wehrlos, um ihm dann unter die Arme zu greifen. Obwohl er damit zu kämpfen hat, schafft er es, Casper rauszuschleifen. Und ich warte nur darauf, dass er auch mich holt.

»Pack mich nicht an«, wimmere ich, was ihn zum Lachen bringt. Er zieht meine Arme zusammen und fixiert sie an den Ellbogen. Der Anblick meiner Verstümmelungen scheint ihm Freude zu bereiten.

»Letzte Worte?«, fragt er und zieht die Augenbrauen fordernd hoch.

»Das hier wird dir noch unglaublich leidtun«,

murmele ich unter Tränen, bevor er ein großes Stück Klebeband auf meine Lippen drückt. Ich ekele mich vor seinen Händen und kann nur noch erstickte Laute von mir geben, als er mich hochhebt.

»Du warst ja mal ganz süß. Als wir dich mitgenommen haben, da warst du noch echt süß und jetzt mal unter uns – ich hätte dich unter anderen Umständen gefickt. Und wenn man mal von dem ganzen Blut und Dreck absieht, bist du ja immer noch annehmbar. Aber jetzt mal im Ernst, du solltest echt lernen, die Klappe zu halten. Das nervt unglaublich. Mal abgesehen davon, dass es allein deine Schuld ist, dass Casper so durchdreht und ich ihn deswegen zu seinem Glück zwingen musste. Es ist deine Schuld, hörst du?« Er weiß wohl nicht, dass Erik mich entjungfert hat. Dass er mich zwei Mal vergewaltigt hat. Oder er ist einfach so dreist und macht wissend diese Bemerkungen.

Draußen ist es kalt. Ich habe nicht wirklich was an. Keine gute Kombination. Die Autos parken nicht in der Garage. Sie stehen schief, einfach nur abgestellt vor der riesigen Villa. Caspers Bentley und Lejs' robuster Citroen. Er steuert auf seinen Wagen zu, während ich mich frage, wo er Casper hingeschafft hat. Er ist nicht so dumm, ihn hierzulassen. Er weiß, dass Casper sich befreien und die Polizei verständigen würde.

»Er ist im Kofferraum, keine Sorge. Bis ich dich

abgegeben habe, lasse ich ihn nicht aus den Augen«, klärt Lejs mich auf. Er schiebt mich auf die Rückbank, wo ich schnell merke, dass er getönte Scheiben hat. Perfektes Auto für den Scheiß hier. Als ob er ihn sich extra dafür gekauft hat.

Er hat gesagt, er wird mich abgeben. Und ich will gar nicht wissen, was das bedeutet.

»Du wirst zwar ’ne ziemlich verkrüppelte Hure sein, aber da, wo meine verfickte Mutter herkommt, nehmen die Bordelle sogar Invalidennutten.«

Da, wo seine verfickte Mutter herkommt. Lejs. Ist das russisch? Oder Polnisch? Ich habe echt keine Ahnung.

Geschmeidig lässt er sich auf den Fahrersitz gleiten, bevor er losfährt. Alles rumpelt, mir wird schwindelig.

Wenn ich die Chance bekomme, werde ich den Typen mit Benzin übergießen und anzünden. Tankstellen gibt’s doch überall. Nur gesunde Hände leider nicht im Angebot. Das wäre mal eine innovative Idee. Wenn man zwei kauft, bekommt man Rabatt. Und Füße sind teurer, weil sie gefragter sind.

Was, wenn wir Seelen anbieten?

Siebzehn

Wir fahren Stunden, doch ich kann nicht einfach so einschlafen. Lejs sieht manchmal nach hinten, spricht aber nicht mit mir.

Es ist deine Schuld, hörst du?

Seine Worte spuken in meinem Kopf herum. Ich höre sogar seine hässliche, arrogante Stimme.

Sie soll verschwinden, einfach verschwinden. Lejs soll das blöde Radio lauter machen, damit ich in der Musik untertauchen kann. Mir würde es zwischen den Noten so viel besser gehen. Der kleine Raum, der Spalt zwischen *e* und *g* ist mein Unterschlupf. *f* ist meine Zuflucht. Dort kann ich mich verstecken und niemand wird mich finden, während alle anderen über mich rüber rollen.

»Bist du wach?« Ich wünschte, ich wäre es nicht. Lejs dreht den Kopf zur Seite und mustert mich. Ich schließe die Augen, zwinge mich, ruhig zu atmen.

»Du kannst gleich kurz raus, frische Luft schnappen«, murmelt er, während das Auto langsamer wird. Dann hält er und die zu meinem Kopf gerichtete Tür wird geöffnet. Er greift mir unter die Arme. Ich spüre meine steifen Finger nicht mehr.

Lejs hebt mich hoch und weil alles so taub ist, tut es nicht mal mehr weh.

Ich sehe mich um. Wir sind in einem Wald, der durch eine einspurige Fahrbahn gespalten wird. Lejs geht einmal um den Wagen rum, um mich auf der Motorhaube abzusetzen. Aus der riesigen Tasche seines Pullovers fischt er eine Flasche Wasser. Er zieht das Klebeband von meinen Lippen und lässt mich trinken. Dann gewährt er mir einen Moment Luft und ich kann, ohne etwas auf dem Mund zu haben, atmen.

»Ich seh kurz nach Casper«, kündigt er an, bevor er mich alleine lässt. Ich drehe meinen Oberkörper so weit wie möglich nach hinten, kann aber nur einen Teil von dem erkennen, was sich da hinter mir abspielt. Lejs öffnet den Kofferraum und dann ist da nur Schweigen.

Was ist mit ihm?

Mit einem Knall schließt sich die Stille wieder und Lejs kommt zu mir.

»Geht's ihm gut?«, frage ich vorsichtig.

»Casper geht's besser als dir, keine Sorgen«, holt Lejs mich nüchtern zurück in die Wirklichkeit. Betont lässig berührt er meine Wange.

»Eigentlich müsste man dich ja echt nochmal aufpäppeln, bevor du verkauft wirst. Vielleicht kriege ich dann ja mehr Kohle. Bist ja eigentlich ein hübsches Ding.« Sanft legt er seine Hand an meine

Stirn und zieht sie über meine Haare. Ich schmecke Galle, starre ihn an und warte.

Langsam wird mir übel.

Auf was will er hinaus? Bei seinem Blick zieht sich etwas in mir zusammen. Als würde mein Herz von einer Faust umschlossen und langsam zerquetscht werden, bis das Blut die Finger und den Unterarm herabrinnt. Seine hellen Augen mustern mich kritisch. Der kräftige Kiefer spannt sich immer wieder kurz an und dann schnalzt er mit der Zunge.

Gott im Himmel, bitte, bitte nicht.

»Und vögeln. Ich werde dich definitiv vögeln.«

Das ist der Moment, in dem mein Herz mit einem schmatzenden Geräusch explodiert und gegen meine Rippen spritzt. Ruckartig presst Lejs meinen Oberkörper nach hinten, wodurch mein Kopf so hart auf der Motorhaube aufkommt, dass alles anfängt zu kreisen. Und trotzdem spüre ich ganz genau seine Hände zwischen meinen Schenkeln.

Jetzt ist er nicht mehr sanft.

»Machen wir es uns doch etwas bequemer«, sagt er. Ich höre das Lächeln in seiner Stimme. Und dann schiebt er seinen Arm unter meinen Rücken, um mich neben das Auto auf den feuchten Rasen zu heben.

»Hältst du gerade ernsthaft den Mund? Kämpfst du nicht?«

Wofür? Er will mich provozieren und macht sich

lustig, aber es ist, wie es ist. Ich kann nicht weglaufen und ihn nicht von mir drücken. Ich kann nichts tun. Wenn er mich ficken will, dann tut er das so oder so. Stumm fließen Seen aus meinen Augenwinkeln. Sie laufen mir über die Ohren in die verfilzten Haare.

Seine Finger schleichen sich erneut in meine Scham.

Er will mir wirklich, wirklich wehtun. Den Slip zieht er langsam runter. Er kostet seine Macht aus. Das ratschende Geräusch seines Reißverschlusses lässt mich beinahe ohnmächtig werden, so sehr pulsiert die Angst in mir.

»Komm schon, Süße, du darfst so laut schreien, wie du willst. Keiner wird dich hören, ich werde dir nicht das Maul stopfen – nutz das ruhig aus!«

Obwohl ich nichts lieber tun würde, als zu schreien, laut zu heulen und ihn anzuflehen, die Finger von mir zu lassen, presse ich die Lippen zu einem schmalen Strich. Mein Oberkörper bebt, das kann ich nicht verhindern. Ich spüre seine Finger auf meiner Haut, zwischen meinen Schenkeln. Er ist nicht grob, er tut mir nicht weh und doch verletzt er mich mit jeder Sekunde ein bisschen mehr. Sollte ich je so etwas wie eine Würde besessen haben, bespuckt und tritt Lejs sie nun endgültig mit Füßen.

Jetzt tu es, tu es doch bitte einfach, damit es

vorbei ist. Vielleicht wird er so grob sein, dass ich Blut verliere, bis nichts mehr in mir drin ist. Vielleicht ist es dann endlich vorbei.

Oder es fängt dann erst an.

Casper. Ich brauche ihn. Genau jetzt. Aber er wird nicht kommen können, weil er gefesselt im Kofferraum des Typen liegt, der gerade kurz davor ist, mich zu vergewaltigen. Und ich kann nichts tun. Ich liege im Dreck eines womöglich riesigen und einsamen Waldes und kann nichts tun. Der Mistkerl spielt an mir herum, grinst mir dreckig ins Gesicht und ich kann nicht aufhören zu weinen. Es tut so schrecklich weh, vollkommen machtlos zu sein.

»Jetzt tu es endlich.« Meine Stimme ist kaum hörbar, dünn und leise, aber ich habe es gesagt, weil ich sein Spielchen nicht mehr ertrage. Ich ertrage es nicht mehr.

Und plötzlich, plötzlich beginnt Lejs zu lachen, zieht meinen Slip wieder hoch und schließt seine Hose. »Glaubst du, ich bin bescheuert? Das würdest du doch gar nicht überleben und wenn doch, würde ich keinen Cent mehr für dich kriegen.«

Er lächelt immer noch, als er seine Lippen auf meine legt. Ich schmecke seinen Atem. Klar und nicht rauchig, wie Tau am Morgen. Frisch irgendwie. Er schmeckt überraschend gut.

Plötzlich rüttelt er an meinen Schultern und schreit mich schon fast an.

»Spuck es aus, komm schon, spuck es aus!«, entziffere ich irgendwann seine Worte, doch ich weiß nicht, was er meint. Er dreht mich auf die Seite und immer noch hängt er, sein Geschmack auf meinen Lippen, obwohl er da gar nicht mehr ist. Er läuft meinen Mundwinkel herab, von der Wange bis ins Ohr. Erst jetzt spüre ich, dass ich keine Luft mehr bekomme. Das war nicht er. Es war mein Blut, das so geschmeckt hat. Das war mein Blut.

»Du musst es abhusten.« Obwohl ich mich danach sehne, das Bewusstsein zu verlieren, ist da dieser Würgereflex, der mir mein lachhaftes Leben rettet. Ich will nicht wissen, woher die rote Kotze kommt.

Muss man nicht irgendwann mal sterben, wenn so viel Blut aus einem rausstürzt?

Lejs ist überfordert mit mir. Das Einzige, was er noch kann, ist, mich ins Auto zu tragen. Und dann wackelt auf einmal alles.

Links, rechts, links, rechts.

Doch dann höre ich das Brüllen und weiß, dass Casper erwacht ist. Lejs ist immer noch über mich gebeugt. Der Schweiß tritt ihm auf die Stirn. Ich muss grinsen und offenbare meine blutigen Zähne.

»Er wird dich umbringen.«

Achtzehn

Es war der Abend, an dem alles begann. An dem das mit Caja begann.

Aus den drei Teenagern waren Männer geworden, zwanzig und einundzwanzig Jahre alt. Wenn man sie nicht kannte, würde man nie vermuten, zu was sie in der Lage waren. Jung, intelligent, überaus attraktiv. Eine gefährliche Mischung, die sie ausnutzten.

Zwar kam es immer seltener zu Gewaltexzessen, aber das nicht etwa, weil sie zur Besinnung gekommen waren, sondern schlichtweg fürchteten, irgendwann doch erwischt zu werden, da man verstärkt nach diesen drei Männern suchte, die immer mehr Mädchen zu ihren Opfern machten. Mittlerweile genossen sie es daher, ihre Mitmenschen auf eine subtile, hintergründige Art zu demütigen, indem sie ihnen klar machten, wer der Überlegene war, in jeglicher Hinsicht. Sie bewegten sich nur Millimeter vor der Grenze zum Strafbaren, überschritten sie aber nicht mehr, zumindest was ihre Handlungen gegenüber anderen betraf.

Es machte ihnen Spaß, ein Mädchen mit nach Hause zu nehmen, ihr vorzuspielen, dass sie etwas

Besonderes war, um sie dann fallenzulassen wie eine heiße Kartoffel.

Doch der Durst nach Blut, der Durst nach Gewalt rumorte immer noch in ihnen, wie ein knurrender, ausgehungerter Wolf.

Da es ihnen nicht reichte, Frauen psychisch zu demütigen, suchten sie sich eine neue, körperliche Beschäftigung – sie brachen in teure Häuser ein, deren Bewohner nicht zu Hause waren, und schlugen alles kurz und klein, was sich zerstören ließ.

Der Rausch, dem sie dabei verfielen, war fast so beflügelnd wie der, einen Menschen bis in die Bewusstlosigkeit zu misshandeln.

An diesem, in jeglicher Hinsicht besonderen Abend besuchten sie eine angesagte, überteuerte Bar in der Stadt. Bei Erik und Lejs floss reichlich Alkohol, Casper war nicht in der Stimmung dafür. Eigentlich hatte er allgemein vor, sich etwas von den beiden zu distanzieren. Erik war sein bester Freund, ja, um ihn tat es ihm auch leid, aber er wusste, dass sein Freund nicht in der Lage sein würde, sich von Lejs abzukapseln. Dafür war er emotional viel zu abhängig von ihm.

Casper war es satt. Er war es satt, so zu denken, so zu fühlen, wie er es tat, aber gleichzeitig hatte er auch nicht die Kraft, es ein für alle Mal zu beenden. Stattdessen hoffte er, sich schrittweise von den beiden trennen zu können, indem er immer mal wieder absagte, wenn sie sich verabredeten.

Außerdem wollte er in der Firma seines Vaters anfangen, wofür er aber vorher studieren musste.

All das hatte er sich eigentlich vorgenommen. Hätte er gewusst, dass es ganz anders kommen würde, wenn er in dieser Nacht sich nochmal überreden lassen würde, mit durch Bars und Clubs und später verlassene Häuser zu ziehen – vielleicht wäre er dann wirklich zu Hause geblieben.

Doch das war er nicht. Lejs und Erik holten ihn ab, er konnte also praktisch nicht Nein sagen.

Gleich in der ersten Bar stießen sie auf eine Gruppe sehr ansehnlicher und, wie sie schnell feststellten, williger Mädchen.

Da sie wirklich sehr gut aussahen und Casper lange keinen Sex mehr gehabt hatte, hoffte er sogar wirklich, dass dieser Abend für ihn mit einem befriedigenden Erlebnis enden würde.

Den Damen ging es offenbar ähnlich. Nach nicht mal einer Stunde waren sowohl Erik als auch Lejs mit einem Taxi und je einer vollbusigen Frau davongebraust. Nur noch Casper war übrig, doch er hatte immer noch eine mehr als zufriedenstellende Auswahl.

Letztendlich entschied er sich für die wohlproportionierte Blondine mit dem vielversprechend frechen Grinsen. Wenn sie das behalten würde und genauso kess im Bett war, konnte das wirklich guter Sex werden.

Ihre unartige Art verlor sie genau in dem Moment, als Casper ihr einen Drink spendierte und sie sich, still von ihren Freundinnen angefeuert, zu ihm setzte.

Sie war unsicher, wodurch Casper sofort die Lust verlor, aber immerhin hatte er sie jetzt schon eingeladen und die Preise in der Bar waren wie gesagt astronomisch hoch. Deswegen lud er sie trotzdem zu sich nach Hause ein, wo ihre Bekanntschaft genauso enttäuschend endete, wie er es ab dem Moment vermutet hatte, als sie so schüchtern »Hi« gesagt hatte.

Seit Casper von Erik und Lejs angerufen worden war, waren nur wenige Minuten vergangen. Casper nahm an, dass die zwei ihre Bar-Mädchen beide mit zu Erik genommen hatten, da sie so was öfter taten und nun grinsend vor Caspers Haustür standen.

»Was hast du deinem Schnittchen angetan, dass sie heulend dein Haus verlassen hat?«, fragte Erik amüsiert. Er hatte bereits eine neue Bierflasche in der Hand, die er mit seinem Feuerzeug zischend öffnete.

»Sie hat's einfach nicht gebracht«, murmelte Casper, während er sich Schuhe überstreifte und nach der Lederjacke in der Garderobe griff.

»Du hättest mit uns mitkommen sollen. Unsere haben es definitiv gebracht«, prahlte Erik, der noch

einen roten Lippenstiftabdruck am Hals vorzuweisen hatte, den er Casper vielversprechend zwinkernd präsentierte. »Und ihre Lippen waren nicht nur dort sehr geübt.«

Casper seufzte genervt, zog hinter sich die Tür ins Schloss und nickte Richtung Straße. »Können wir dann?«

Er fühlte sich körperlich vollkommen unausgelastet, weswegen er sich die Angebereien seines Freundes nicht mehr anhören, sondern so schnell wie möglich loswollte.

»Klar, wo geht's heute hin?«, fragte Lejs deutlich nüchterner als Erik.

Achselzuckend lief Casper voran. »Wir werden sehen.«

Dass sie ausgerechnet das Haus von Cajas Vater dazu auserkoren hatten, ihr heutiger Spielplatz zu sein, war ein unglücklicher Zufall. Obwohl es einige Sicherheitsmaßnahmen gab, die Casper aber aus seinem eigenen Haus kannte, mogelten sie sich doch auf das Grundstück und da die Tür zum Garten nicht verschlossen war, mussten sie nicht mal ein Schloss aufbrechen.

»Ich wollte auch immer einen Pool haben«, schwelgte Erik in Erinnerungen und tauchte seine Hand in das angenehm lauwarme Wasser.

»Bist du hier, um planschen zu gehen oder um

das verschissene Haus zu zerlegen?«, fragte Lejs. In seiner Stimme schwang sowohl Belustigung als auch Vorfreude mit.

»Also von mir aus können wir auch schwimmen gehen. Mein Schwanz könnte eine Abkühlung gebrauchen«, lachte Erik.

Kopfschüttelnd drückte Casper die Terrassentür, die einen Spalt breit geöffnet war, vollständig auf, trat ins Innere und fand schließlich den Lichtschalter.

»Sicher, dass keiner da ist?«, fragte Erik, der ihm und Lejs gefolgt war, als er sich so umsah.

»Klar, oder hast du irgendwo ein Auto gesehen?«, entgegnete Lejs sicher.

»Vielleicht haben die ja eine Garage«, überlegte Erik schulterzuckend.

»Hast du ein Garagentor gesehen?«

Eriks Schweigen genügte Lejs, der sich umsah und nachdachte, was er als Erstes kaputt machen konnte. Entschieden lief er zur ausladenden Essecke und trat mit voller Kraft gegen einen der eleganten Designerstühle, der über den Boden rutschte und zwei weitere Stühle mit sich zu Boden riss.

Casper griff bestimmt nach einer Vase vom Tisch, die er in seinen Händen wiegte, bevor er sie mit einem lauten Krachen in die gläserne Front Richtung Pool schleuderte.

Ein Lachen brach aus ihm heraus, so gut fühlte sich das an.

»Ich sehe mich mal oben um«, kündigte er an, als er die Treppe ins Obergeschoss entdeckt hatte. Während er die Stufen nach oben erklomm, brach hinter ihm ein regelrechtes Konzert aus Geräuschen von zerscheppernden Gegenständen aus.

In der zweiten Etage waren alle Türen verschlossen, bis auf die zum Badezimmer. Ein ungutes Gefühl kam in seiner Brust auf, das er jedoch ignorierte.

Den Spaß, den er gerade hatte, wollte er sich nicht verderben lassen von seiner albernen Paranoia.

Vielleicht würde er ja nach dieser Nacht aufhören damit. Vielleicht würde er es ja wirklich schaffen, seinen eigenen Weg zu gehen. Frei von Lejs, frei von Erik.

Deswegen musste er es noch einmal genießen.

Vollgepumpt mit Adrenalin schlenderte er durch den Flur, öffnete mal hier, mal da eine Tür, doch er fand nichts, was interessant genug war, um einzutreten.

Bis er zu diesem einen, speziellen Zimmer kam, zu dem er sich nichtsahnend Zutritt verschaffte.

»Scheiße, autsch! Verfluchter Mist, gottverdammter! Mann, tut das weh!«

Verwundert beobachtete er das Mädchen, das vor ihm auf einem Fuß hin und her sprang und laut vor sich hin fluchte. Soweit er das einschätzen konnte – immerhin verzog sie schmerzverzerrt das Gesicht –, war sie ein relativ kleines, aber sehr schönes und außerdem ziemlich leicht bekleidetes Mädchen. Ihre langen dunklen Haare sprangen, genau wie sie, auf und ab und versperrten manchmal die Sicht auf ihr hübsches Gesicht.

Reiß dich zusammen, Casper! Du weißt, was das bedeutet!

Es dauerte einen Moment, bis sie realisierte, dass da tatsächlich jemand vor ihr stand, zu dem sie nun aufblickte. Augenblicklich versuchte er, nicht länger verblüfft, sondern zornig auszusehen.

»Was machst du denn hier?«

Stockholm

Casper ist unglaublich stark. Er rumpelt immer wieder gegen die Innenwände des Kofferraums, so hört es sich zumindest an.

Lejs durchbohrt mich förmlich mit seinem Blick, als würde ihm das irgendwie weiterhelfen. Er weiß nicht, was er tun soll. Kann ich verstehen, wüsste ich auch nicht.

»Scheiße«, murmelt er dann nur. Sich die Haare raufend, scheint er einen Entschluss zu fassen. Nachdem er mich grob geknebelt hat, macht er Anstalten, sich auf den Fahrersitz zu setzen.

Das kann jetzt nicht sein Ernst sein. Es ist clever, ja, klar. Wenn er fährt, kann Casper unmöglich den Kofferraum öffnen und raussteigen. Er würde sich dabei umbringen. Und sollte er überleben, würde Lejs Gas geben und er könnte uns nicht einholen. Niemals. Heißt, dass ich jetzt etwas tun muss. Genau jetzt. Das ist die einzige Chance.

Für Casper. Für mich. Für uns beide.

Und deswegen hebe ich aus einer Kurzschlussreaktion heraus mein gesundes Bein und trete gegen die Scheibe. So kräftig ich kann – ich gebe mir unglaublich viel Mühe. Erst ist es nur ein feiner Riss und dann wie ein Spinnennetz.

Ich muss uns Zeit verschaffen.

Mein Fuß durchstößt das Glas. Kleine Scherben ziehen sich über meinen Knöchel und die Wade. Es ist okay, tut nicht mal weh.

»Spinnst du?«, schreit Lejs mich an und steigt wieder aus. Er reißt meine Tür auf und ich hole nochmal aus. Ein kräftiger Tritt in seinen Magen, ich bin gut. Das wird Konsequenzen mit sich bringen, aber das nehme ich gerne in Kauf, weil das hier mein erster Widerstand ist, bei dem ich wirklich Chancen habe, zu gewinnen.

Weil ich nicht mehr alleine bin.

Die Sekunden, in denen er zurücktaumelt, sind entscheidend. Und dann tut er mir weh. Er stürzt sich mit voller Wucht auf mich, drückt meine Beine nach unten und presst sich mit aller Kraft auf meine Schiene.

Ich schreie so laut, dass man es durch das Klebeband noch Kilometer weit hören muss.

Es ist richtig.

Es. Ist. Richtig.

»Halt dein beschissenes Maul, oder ich schlage dich bewusstlos, kleine Hure«, zischt Lejs mir ins Ohr, doch ich muss weitermachen. Wenn er mich verprügelt, kostet das Zeit, wertvolle, unbezahlbare Zeit.

Plötzlich hält er meinen Blick fest und ich sehe schon fast, wie sich seine Mimik verändert.

»Das ist also der Plan«, murmelt er kaum hörbar.

Fuck!

»Vergiss es, Süße«, vernichtet er meine Hoffnung, dass er es vielleicht doch nicht verstanden hat. Er zieht die Augenbrauen hoch und legt dann seine erbarmungslosen Hände an meine Kehle.

Diesen Kampf kann ich nur verlieren.

Die abgeschnittene Luft zieht mich in eine Art Sog. Ich höre nicht mehr das Klopfen, nicht mehr seine Worte, gar nichts mehr. Nur noch das Rauschen in meinen Ohren und mir wird unglaublich schlecht. Da ist wieder dieser Faden, der mich durch die Brust geradewegs nach oben zieht, bis ich röchelnd in der Luft schwebe und das Gefühl habe, zu zerfallen.

Unaufhaltsam.

Lejs lächelt und ich, ich sterbe.

Ich muss ohnmächtig geworden sein.

Vielleicht bin ich auch tot. Das wäre wirklich schade, immerhin war ich so kurz vorm Ziel.

Der Druck, der Faden in meiner Brust ist weg und ich schmecke Blut. Ich möchte husten, kann aber nicht. Mein Körper ist mir nicht mehr mächtig. Was auch immer passiert ist, es ist oder war mein Ende.

»Caja, Caja, komm schon.« Es ist *seine* Stimme und doch kann ich die Augen nicht öffnen. Ich schaffe es einfach nicht.

Fühlt sich an wie fliegen, als mich jemand hochhebt.

Vielleicht ist das hier ja so ein übermenschliches Entschweben aus dem Körper. Vielleicht komme ich jetzt nach dort oben und überblicke diese Scheißwelt. Vielleicht kann ich jetzt aufhören.

Das wäre irgendwie schön.

»Caja, bitte.« Und plötzlich habe ich mich wieder. Ein Gefühl, eine Wahrnehmung meiner selbst. Eine Blockade wird von meinem Mund genommen und ich kann nicht anders – reflexartig reiße ich ihn auf und sauge so viel Luft in mich ein, wie ich kann. Und dann muss ich husten und husten und husten.

Es brennt so sehr und trotzdem tut es so gut, zu leben. Die Lider flattern wie ein erwachter Schmetterling.

Ich sehe ihn.

Er steht auf der Straße und hält mich im Arm. Aus den Augenwinkeln sehe ich Lejs, wie er auf dem Asphalt liegt. Ich will fragen, ob er tot ist, aber das bringt mich zum Würgen und dann zum Husten.

»Ist schon gut, alles wird gut«, murmelt Casper

und obwohl er mich einfach nur ansieht, ändert das alles.

»Es ist vorbei, Caja, es ist vorbei.«

Ich glaube ihm, weil Lejs' Blut den grauen Staub herabläuft und eine Stadt füllen wird. Sie werden alle seine kirschrote Suppe schmecken und wissen, dass er schuldig ist. Es wird in ihren Zeitungen stehen, mit roter Tinte geschrieben.

Als Casper mich ins Auto legt, habe ich keinen Zweifel daran, dass jetzt alles vorbei ist. Dass er mich ins Krankenhaus bringen wird. Darin bin ich mir vollkommen sicher.

Ein kleiner, dummer Gedanke schleicht sich in meinen Kopf:

Und was wird dann aus Casper? Aus euch? Meinst du, das war es dann einfach? Du dummes, dummes Mädchen!

»Schau, da ist das Ende der Welt und wir drehen um.« Stunden bis Stockholm.

»Wo hat der Wichser uns hingebracht?« Weniger Stunden bis Stockholm.

»Wir finden es, Caja.« Noch weniger Stunden bis Stockholm.

»Ich bring dich nach Hause.« Viel weniger Stunden bis Stockholm.

»Da sind die Lichter, Caja. Siehst du sie? Da hinten?« Stockholm.

Die weißen Laken duften nach den Toten, die hier einmal gestorben sind, vermischt mit Waschmittel, und ich habe noch nie etwas so Schönes gerochen.

Sie werden mich noch mindestens einmal operieren, das haben sie mir schon gesagt. Eine Schwester ist bei mir. Sie lässt mich nicht alleine, wofür ich ihr unendlich dankbar bin.

Casper ist weg. Er hat mich ins Krankenhaus gebracht und dann ist er fortgegangen. Sie sagen, dass meine Eltern da sein werden, wenn ich aus der Narkose wieder aufwache. Oh, die Damen und Herren haben schon mitbekommen, dass ich weg war, welch ein Wunder. Ich sage der Krankenschwester, dass ich meine Mutter und meinen Vater nie wiedersehen möchte, und sie sagt, dass ich nur so rede, weil ich einen Schock und Schmerzen habe. Sie streicht über meinen Ellbogen, weil die Finger verstümmelt sind und auch wieder ganz gemacht werden müssen.

Obwohl ich der festen Überzeugung bin, dass ich sie auch, wenn es mir besser geht, nicht mehr sehen möchte, widerspreche ich nicht.

Ich frage sie, ob ich mit der Polizei reden muss. Jetzt noch nicht, beruhigt sie mich, bevor ich dann endlich, endlich schlafen darf.

Sie stecken mir eine Nadel in den Arm und spritzen Wasser in mich rein, bis ich wie ein

Ballon aussehe. Vielleicht bilde ich mir das auch nur ein. Vielleicht träume ich das auch nur. Es ist ein schöner Traum.

Er bringt mich zum Lachen.

Syndrom

Ich werde keinen Finger verlieren. Keinen einzigen, was ich ziemlich erstaunlich finde. Sie sind verbunden, wodurch ich nicht alleine auf die Toilette gehen, was essen oder meine Decke hochziehen kann. Das mit dem Laufen ist nebenbei bemerkt auch so eine Sache. Mein Bein wurde operiert und jetzt steckt es in einem seltsam aussehenden Apparat. Also streng genommen kann ich eh nicht aufstehen. Deswegen haben sie mir auch einen Blasenkatheter gelegt, durch den ich mich in eine Plastikflasche entleere.

Als ich nach der OP aufgewacht bin, saß tatsächlich meine Mutter an meinem Bett. Sie hat mich angesehen, durch ihre hellen, wachen Augen. Die dunklen Haare ordentlich geföhnt und der Lippenstift war frisch aufgetragen. Er klebte an ihrem vollen Mund und ich hätte mir gewünscht, es wäre Blut.

Erst hat sie gar nichts gesagt und dann hat sie geweint und sich entschuldigt und geweint und ich glaube, es tat ihr wirklich leid. Ich wusste nicht, was ich ihr hätte verzeihen sollen. Sie hat mich ja nicht entführt. Sie hat mich nicht vergewaltigt. Sie hat mich nicht fast totgeschlagen.

Unter Tränen erzählt sie, dass die Polizei mit allen verfügbaren Kräften und Mitteln nach mir gesucht hat, und sie erzählt, dass ich nicht gefunden wurde. Das ist ja eine völlig neue Erkenntnis. Sie fragt, wie ich mich fühle, und ich bitte sie, eine Schwester zu holen, weil ich Schmerzen habe. Wie fremd mir diese Frau doch geworden ist. Wahrscheinlich war sie das schon immer und ich merke das erst jetzt so richtig und bewusst. Außerdem erzählt sie mir noch, dass sie und Dad öfter miteinander geredet haben, während dieser so schweren Zeit für sie. Ich beglückwünsche sie und sage ihr, dass mich das freut. Ich meine, natürlich bin ich hellauf begeistert, dass meine Mutter mir nicht mehr zu erzählen hat, als dass sie und mein Vater sich nicht mehr ins Gesicht spucken, sobald sie sich sehen. Das wollte ich hören.

Ich glaube, ich hasse sie sogar ein bisschen.

Als ich vorgebe, müde zu sein, wirkt sie regelrecht erleichtert, gehen zu können. Das Blut an ihren Lippen bleibt und ich betrachte sie wie eine Fremde, bei der ich nicht das Bedürfnis habe, sie kennenzulernen.

Die Schwester kommt, die Schwester geht, eine Gynäkologin untersucht mich und ich liege da wie ein totes Stück Fleisch.

»Hast du Schmerzen?« Nicht mehr. Nie wieder. Es kann nimmer mehr so grausam werden, wie es bereits war.

»Niemand wird dir mehr wehtun, Caja, das verspreche ich dir.«

Stimmt. Lejs ist womöglich tot, Casper fort und Erik wahrscheinlich auf der Flucht. Oder einfach zu Hause. Vielleicht ist Casper auch gar nicht weg. Selbst wenn er noch da wäre, würde er mich nicht mehr verletzen, da bin ich mir zwar nicht sicher, aber er hat mich letztendlich gerettet. Er ist aus dem Kofferraum rausgestiegen und dann hat er seinen einstigen Freund überwältigt und ermordet. Er hat mich hierhergefahren und er hat mich am Leben gehalten.

Ich habe so oft aufgegeben, so oft nach unten gesehen, wodurch ich fast gefallen wäre, ohne wieder aufzustehen. Diese fragwürdigen und wahrscheinlich auch eingebildeten Gefühle für Casper haben mir Mut gemacht. Bisher habe ich noch niemandem davon erzählt, aber das werde ich noch tun müssen.

Man muss sprechen, um zu verarbeiten, man muss die Dinge loslassen, um zu verstehen, was geschehen ist, und man muss beginnen, sich selbst zu lieben, wenn der Hass am schlimmsten ist. Und *man* bin in diesem Fall ich. Das habe ich bereits akzeptiert. Sobald es mir wieder besser geht und ich nicht mehr die meiste Zeit des Tages verschlafe, werde ich mit der Psychologin des Krankenhauses reden. Und dann wird die Polizei kommen.

Sie heißt Inga, meine Therapeutin, und sie hält meinen Unterarm, weil meine Mutter es nicht darf, als der Uniformierte vor meinem Bett steht und sich vorstellt. Er versucht, sich zu unterhalten, schlechter Smalltalk. Dann räuspert er sich, bevor er die Bombe platzen lässt.

»Ihr Entführer hat sich gestellt, Miss.« Sein Name schwirrt in meinem Kopf umher. Caspercaspercaspercaspercasper.

Meine Hand zuckt, obwohl sie das nicht kann, weil sie eingegipst ist. Meine Schultern zittern. Ich bin kurz davor, mich zu übergeben.

»Lejs?«

»Nein, Miss.«

CASPER.

»Wann?«, frage ich irgendwann, als mich mein Inneres nicht mehr mit seinem Namen anschreit. Verdammte Scheiße, ich weiß, wie er heißt.

»Schon an dem Tag, als sie hier aufgenommen wurden.«

Er hat es getan, um keinen Rückzieher zu machen. Er hat es getan.

»Kann ich Ihnen diesbezüglich einige Fragen stellen?«

Ich blicke ihn an, er lächelt nicht, wirkt aber auch nicht grimmig. Er ist schon etwas älter, ungefähr so wie mein Vater, und hat einige graue Strähnen.

»Werden Sie ihn einsperren?«, frage ich, seine Frage ignorierend. Das scheint ihn zu verwirren. Er verzieht die Augenbrauen etwas.

»Das wird sich vor Gericht entscheiden, aber ich versichere Ihnen, dass er seine gerechte Strafe erhalten wird.« In meinem Kopf schwirrt nicht mehr sein Name, nein, da ist jetzt etwas anderes. Etwas, das völlig falsch ist und nicht dahingehört.

Das will ich nicht.

»Miss, Sie sprachen vorhin von einem Lejs. Handelt es sich hierbei um einen Komplizen des Täters?«

Ich nicke, bin wie in Trance. Zähle meine Wimpernschläge und vergesse zu atmen. Ein Arzt kommt, eine Schwester folgt, ich verliere mich und Inga muss mich loslassen. Es reicht für heute, sagen sie, und dann schlafe ich bis in die Unendlichkeit.

Ich werde keine Kinder bekommen können. Und ich bin mir auch nicht sicher, ob ich jemals wieder einen Mann meine nackte Haut berühren lassen werde.

Vielleicht ihn.

HALT DEINE DUMME KLAPPE, CAJA.

Ich werde wohl allmählich verrückt.

Der Sommer ist vorbei, als ich entlassen werde. Die Blätter verfärben sich dunkelrot, honiggelb und schließlich totbraun. Sie sterben, so wie ich gestorben bin, und sie werden wieder neu erblühen, so wie ich neugeboren bin.

Ich habe viel Zeit zum Nachdenken gehabt und ich habe sie genutzt. Meine Sachen, mein ganzes Leben ist in Kisten verstaut und in Umzugswagen gestopft, die sie in meine eigene Wohnung bringen werden.

Ich habe ausgesagt und ich werde nicht nochmal vor Gericht erscheinen müssen, aufgrund des Härtefalls und weil bereits alles gesagt ist, was wichtig sein wird. Casper wird bezahlen, Lejs ist tatsächlich tot und nach Erik wird gefahndet. Und ich, ich habe mit meiner Mutter endgültig gebrochen, meinen Vater gebeten, mir ein Apartment an der Küste im Westen zu besorgen und dann werde ich endlich wieder atmen können.

Nicht mehr eingeengt in Erinnerungen, die Stockholm mitbringt.

Geheilt von der Illusion, meinen schlimmsten Feind zu lieben, nur weil ich letztendlich auf ihn angewiesen war. Es ist alles eine Lüge, mein Kopf spielt mir einen riesigen Streich. Und ich kämpfe dagegen an. Inga hat mich überwiesen an eine Kollegin von ihr. Niemand kann mich dazu zwingen, eine Behandlung weiterhin in Anspruch zu nehmen, aber ich will es. Und während ich dem Krankenhaus immer ferner bin, das mir mein Bein, meine Hände, aber nicht meine zukünftigen Kinder gerettet hat, endet Caspers Leben in Freiheit für sehr viele Jahre.

Und diese Jahre sind in Zahlen ausgedrückt sogar noch mild. Es kam mir wohl zweifelsohne zugute, dass ich Caja ins Krankenhaus gebracht und mich gestellt habe. Ich werde einsitzen, ich werde bestraft, aber gemessen an dem Leid, das Caja meinetwegen erleiden musste, ist das wohl eher geringfügig.

Ich habe sie nicht mehr gesehen, seit sie mir aus den Armen genommen wurde und die Ärzte ihr Leben gerettet haben. Ihr dunkles, schmutziges Haar hat ihr in zotteligen Strähnen in das ohnmächtige Gesicht gehangen und trotzdem war sie so schön, dass ich sie fast nicht mehr hatte hergeben wollen.

Wahrscheinlich hasst sie mich mehr, als ich sie jemals hätte lieben können, und deswegen ist es richtig. Es ist richtig, dass ich sie nicht mehr gesehen habe, es ist absolut richtig, dass wir nie zusammen sein können.

Dass etwas richtig ist, heißt jedoch nicht gleichzeitig, dass es nicht scheiße wehtut. Die ersten Monate im Gefängnis sind kalt und sonnenlos und ich sehne mich nach ihren Augen, ihrer Stimme, ihrer bloßen Anwesenheit.

Gleichzeitig träume ich von ihren Schreien und das heizt mein schlechtes Gewissen immer wieder aufs Neue an.

Mein Vater besucht mich so gut wie jeden Tag. Er ist enttäuscht, doch das kümmert mich nicht. Er kann mich niemals so sehr missverstehen, wie ich es tue.

Caja und ich hätten glücklich sein können. Wir haben uns nicht gekannt, aber vielleicht hätte sich das irgendwann geändert. Immerhin wohnte sie gar nicht weit von mir entfernt. Vielleicht wäre ich eines Tages nicht bei ihr eingebrochen, sondern wir hätten uns auf dem Campus unserer Uni gesehen, wo sie Schönheit und ich Demut studiere. Das, was wir beide in meinen Augen jetzt am meisten haben. Wir hätten uns verlieben können und es wäre nie dazu gekommen, dass man sie vergewaltigt und misshandelt.

Es wäre nie dazu gekommen, dass ich sie misshandelt habe. Das wäre nie geschehen, weil wir glücklich hätten sein können. Ich möchte mich nicht über die Umstände hier beklagen. Mein Vater hat zweifelsohne das Beste für mich herausgeholt. Ich darf Besuch empfangen, ich bekomme drei Mahlzeiten, ich lebe. Das ist mehr, als ich eigentlich verdient hätte. Ich schlafe, ich esse, ich sehe draußen den Blättern beim Sterben zu und ich bin so unendlich einsam wie noch nie. Selbst die Zeit, in der ich jeden Tag in den

Besuchsraum geführt werde, mindert das nicht im Geringsten. Heute ist es nicht anders. Der Flur ist lang. Er kommt mir bekannter vor als meine Seele.

Die Tür wird geöffnet und dann bricht alles, woran ich in der so kurzen Phase hier geglaubt habe, zusammen. Wie ein Kartenhaus. Alles, was ich gedacht habe. Alles, was ich zu wissen gemeint habe, ist fort. Denn dort sitzt kein großgewachsener Mann auf dem Stuhl und hat seine im grauen Jackett steckenden Arme auf die Platte vor sich gelegt. Er sieht mich nicht mit traurigen Augen an und er wird mich nicht fragen, wie mein Tag heute war. Er wird mich gar nichts fragen. Denn er sitzt nicht dort, sondern das Mädchen, das alles verändert hat.

Ihre Haare sind kurz geschnitten. Sie sind gerade mal so lang, dass sie ihr Kinn berühren würden, wenn sie sich bewegen würde. Ihre Lippen sind voll, die Augen klar, der Pullover, den sie trägt, verdeckt ihre Schlüsselbeine nicht.

Sie ist so schön.

Ihre Arme hängen an den Seiten herab und werden ab den Ellbogen vom Tisch verdeckt. Jetzt steht sie auf, der Stuhl kratzt über den Boden und ich sehe ihre Hände. Bandagiert, schneeweiß und existent. Mein Blick schnellt wieder zu ihren Augen und dann zittern ihre Lippen. Den Aufseher links hinter mir blende ich komplett aus, sie ist zu einnehmend.

»Ich habe mich geirrt.« Sie tritt langsam um

den Tisch herum, fährt mit den Fingerkuppen über das helle Material. Das Geräusch bereitet mir eine Gänsehaut.

»Ich habe mich geirrt«, wiederholt sie sich, doch ich könnte ihr Jahre zuhören.

»Meine Therapeutin hat das auch, Casper. Wir beide lagen falsch.« Sie glitzern, ihre Augen. Jetzt steht sie mir mit so wenigen Metern Abstand gegenüber, während ich kaum noch stehen kann.

»Ich bin weggezogen. Nach Dalarna. Ich studiere Psychologie. Ich habe alle meine Sachen verkauft, Casper, weil sie mich an dich erinnert haben. Obwohl ich sie in deiner Anwesenheit nie getragen habe. Weil das Ich es getragen hat, das ich mit aller Kraft versucht habe, hinter mir zu lassen.« Jetzt bebt ihre Stimme.

»Meine Haare sind ab, ich habe alles getan, um dich aus meinem Kopf zu bekommen. Es wird vorbeigehen, haben sie gesagt. Meine Betreuerin im Krankenhaus und meine Psychologin, die ich gestern noch ohne Termin beansprucht habe. Sie haben von dieser Krankheit geredet. Dieser Manipulation des Denkens, Casper.« Sie weint und ich will ihre Haut aus Porzellan trocknen, obwohl ich so sehr Angst vor dem Gedanken habe, sie auch nur zu berühren.

»Es ist ein Syndrom, sagen sie.« Ihre Zähne blitzen auf, sie hört nicht auf zu schluchzen.

»Ich habe niemandem erzählt, dass ich davon

träume, dich wiederzusehen. Niemandem. Sie denken alle, ich habe unheimliche Angst vor dir.« Sie macht eine Pause, weil sie sich fassen muss, um die Worte wiederzufinden, die ihr anscheinend so schwerfallen.

»Aber meine einzige Angst, seit ich von dir weg bin, ist, dich nicht mehr wiederzusehen.« Sie senkt den Kopf leicht, blickt dann wieder auf und streicht sich die Haare aus dem Gesichtsfeld.

»Und ich bin jetzt hier, was ich selbst nicht glauben kann. Du weißt gar nicht, wie schwer es ist, hier reinzukommen. Ich bin den halben Tag gefahren und die andere Hälfte habe ich damit zugebracht, mit deinem Vater zu reden. Er ist draußen, weißt du? Er hat nicht verstanden, warum gerade ich jetzt hier vor dir stehe.« Sie weint immer noch, aber gleichzeitig lächelt sie so schön, dass meine Brust ganz eng wird.

»Und ehrlich gesagt, habe ich es selbst erst auch nicht verstanden.« Sie hat sich keinen Zentimeter gerührt und doch ist es, als würde sie näher kommen.

»Dich sehen zu wollen, bei dir sein zu müssen, dich zu vermissen, Casper«, sie streckt ihre Hand leicht aus, nur ein kleines Stück und ich komme ihr entgegen, hebe meinen Arm und meine Finger nähern sich ihren, »ist keine Krankheit. Es ist das, was die Idioten in den Schnulzen Liebe nennen.«

ENDE

Danksagung

Zuallererst möchte ich meiner allergrößten Kritikerin und vor allem Unterstützerin danken – meiner Mama, die früher meine Einkaufszettel auf Rechtschreibfehler kontrollierte und mich dafür heute fragt, ob man dieses oder jenes Wort mit S oder ß schreibt, die schon mein erstes Buch gefühlt jedem ihrer Arbeitskollegen aufhalst und die mir gezeigt hat, was wahre Liebe ist. Danke, Mama, du bist ein Goldschatz. Papa, du hast meine Geschichten gelesen und Teile von uns, uns als Familie darin gefunden, die mir gar nicht aufgefallen sind. Du hast mir schon in der Schulzeit und jetzt während des Studiums immer das Gefühl gegeben, dass ich stolz auf mich sein kann, weil du immer stolz auf mich warst und ich möchte mich dafür entschuldigen, dass ich damals mit Mama zu McDonald's gefahren bin und nicht mit dir Spaghetti gegessen habe. Ich habe deswegen immer noch ein schlechtes Gewissen.

Meinen Geschwistern, Marie, Paul und Willi, möchte ich ebenfalls für eine lehrreiche, fast immer fantastische und total normale Kindheit danken. Wir haben uns zwar oft gehasst, aber noch öfter geliebt und ich weiß, dass es ohne euch furchtbar langweilig, nicht mal halb so lustig und ziemlich einsam gewesen wäre. Dem Rest meiner Familie danke ich natürlich auch, denn auch ihr seid wirklich großartig darin, mich aufzubauen. Danke, Jule,

Claudi, Frieda und allen anderen. Dann gibt es noch drei junge Damen, die meine Kolleginnen sind, die ich aber vielmehr zu meinen Freundinnen zähle – Janne Schmidt, Huda El-Haj-Said und Petra Renée Meineke. Ihr habt mir immer zugehört, wenn etwas nicht so lief und ihr habt euch mit mir gefreut, als endlich alles, alles gut wurde – tausend Dank für eure Liebe. Das gilt übrigens auch für meine wunderbare beste Freundin, Tamy Fabienne Tiede, die nicht nur schön, schlau und kreativ ist, sondern auch immer noch mit mir befreundet sein möchte, egal wie sehr ich sie mit Fortschritten im Verlag oder Bildern von meinen neuen Schuhen nerve.

Danke, Dominique, dass du mich dem SadWolf Verlag empfohlen hast, obwohl ich selbst gar nicht mehr damit gerechnet habe, dass »Stockholm« ein Zuhause findet.

Danke, Johannes und Etienne, den besten Verlegern, die man sich wünschen kann. Ihr habt mir die Hoffnung zurück gegeben, dass Autoren in einem Verlag etwas wert sind und ich bin dadurch vermutlich euer größter Fan geworden.

Und ein letztes, riesengroßes Dankeschön geht an all die tollen Menschen, die »Stockholm« schon über Wattpad gelesen haben, die mich immer noch mit ihren Kommentaren und ihrer Freude für mich zum Lächeln aber auch zum Weinen bringen und die ebenfalls sicher waren, dass wir es schaffen, dass wir es irgendwie zu einem richtigen, echten Buch schaffen.

Das haben wir und ihr seid ein Teil davon.

SADWOLF